中公文庫

チキンライスと旅の空

池波正太郎

中央公論新社

目次

チキンライスと旅の空

レコードこの一枚

　戦後、レコードがLPになったときのよろこびを何にたとえたらよいだろう。ともかくも、夢中になって種々のレコードを漁《あさ》り、聴きまくったものだ。

　さらに近年、ウォークマンなるものがあらわれ、レコードをテープに移し、これを聴くたのしみ、便利さはたとえようもないほどだ。

　私は戦前に長唄を少し稽古《けいこ》したので、レコードに長唄の曲も多い。その中には、父方の叔父だった故望月長太郎が小鼓《こつづみ》を打っている〔勧進帳〕など、私にとっては秘蔵の一枚もあったが、これは叔父の子の従兄・政彦（二代目望月長太郎）に再会した折、ゆずりわたした。

　物心がつかなかった子供のころはさておき、この従兄とは、一度も会っていなかった。

　ところが数年前に、筒井康隆さんが従兄の娘の写真を雑誌に紹介してくれたのが縁で、私にとってはたった一人の血縁の従兄と会うことができ、彼が二代目・望月長太郎を襲名する会で、お客さんへ挨拶をすることもできたのだった。

大好きなジャズのレコードもあつめたが、その中の一つをえらべというなら、何といっても、ベニー・グッドマンが昭和十三年一月十六日の日曜日にカーネギー・ホールへ初出演したときの〔ベニー・グッドマンをあなたに〕の二枚組だろう。

当時のカーネギー・ホールは、クラシック音楽の殿堂で、ジャズの演奏会がおこなわれることなど、もってのほかといわれたものだが、当夜、ホールへつめかけた、満員の聴衆の熱狂ぶりは、レコードを聴いていても、目に浮かぶように感じられる。

したがって、当時、絶頂期にあったグッドマンは、ジーン・クルーパ、ハリー・ジェームズ、ライオネル・ハンプトン、ジェス・ステイシーなどの名プレーヤーをひきい、聴衆の興奮に呼応して、空前絶後ともいうべき演奏を展開したのだった。

たとえば十八番の〔シング・シング・シング〕にしても、これほどにすばらしい演奏を、他のグッドマンのレコードでも聴いたことがない。

グッドマンのソロ、クルーパ（ドラムス）とジェームズ（トランペット）のかけあいも凄《すご》いが、ジェス・ステイシーのピアノ・ソロは、一代の名演といわれている。

この時代には、むろんのことに、まだテープもなく、録音をしていないとおもっていたところ、ステージにあった一本のマイクロホンからＣＢＳ放送のスタジオへ演奏が送られ、これが十六吋《インチ》のディスクにおさめられていたのだ。たった二組のセットのうちの一つが国会図書館へおさめられ、残る一つをグッドマン自身が所持していたのを、昭和二十五年にＬＰ化したのである。

　このレコードは、聴くものにちからをあたえる。それにしても、グッドマンのジャズを生んだ時代は、何と、すばらしい時代だったろう。

東京の夏

むかしの、東京の下町の夏は、金魚売りの呼び声から始まった。

下町に暮す人びとは、避暑をしなかった。つつましく暮していたからだろうが、ひとつには、避暑に行かなくとも、充分に東京の夏がたのしめたからだろう。

緑は濃く、涼風は町筋を吹きぬけ、一日中はたらきぬいた汗を行水にながし、冷えた西瓜《すいか》に舌つづみを打つ。祖父母や曽祖母、母などが金盥《かなだらい》へ一粒一粒、西瓜の種を吐き出す、その音が、いまも耳へ残っている。

現代は、食べるものに季節感がなくなってしまい、したがって、食べものにまつわる情緒も消えたが、私は夏の食べものは夏以外の季節には口にしない。

連日の猛暑に食欲も失せた朝、色も鮮やかな、漬けごろの茄子《なす》を芥子《からし》醤油《じょうゆ》で食べるうまさは、実に夏の快味だ。こんなものが、どうしてこんなにうまいのかと、ふしぎにおもうほどうまい。小ぶりの茄子に芥子をつけて、ぷっつりと嚙み切るときの醍《だい》醐味《ごみ》は筆にも口にもつくせない。

そうめん、冷奴《ひややっこ》、蕎麦《そば》などは、付け醤油や汁《つゆ》に少量のニンニクを擂《す》りおろして入れる。味が格別に変わって、猛暑に萎《な》えた躰《からだ》にもよいとおもう。

擂り生姜《しょうが》を熱い御飯にのせ、醤油をたらし、ざっくりと掻《か》きまぜたり、握り飯に味噌を塗ったのを網で焙《あぶ》ったり、それぞれに人びとは工夫をして、夏を乗り切ろうとする。

夏は白瓜《しろうり》の季節でもある。

曽祖母が白瓜を細長く剝《む》き、物干し場へ干して、雷干《かみなりぼし》をつくっている姿が、夏が来ると、いまだに目に浮かぶ。私は薄く切った白瓜を塩で揉《も》んだのを、バター・パンにはさんで食べるのが好きだった。

「お前は子供のくせに、妙なものが好きなんだねえ」

祖母に、よくいわれたものだ。こんなものは自分の手でつくった。

いまも、むかしの夏を偲《しの》んで、いろいろとやってみてはいるが、排気ガスの充満する道路を疾走する車輛《しゃりょう》や、バイクの騒音と、高層ビルや住宅がひしめき合う東京には夕《ゆうべ》の涼風が吹かない。

茄子や豆腐の味も落ちて、薬味の助けもむなしい。

私は夏が好きで、暑くなると食がすすみ、体重が増えたものだが、六十を越えてからは夏も苦しく、冬も辛《つら》くなってしまった。

好物の茄子や白瓜でビールをのむたのしさも消えた。ビールも酒も弱くなって、どうにもならない。

老齢が夏のたのしみを奪うのか、万事に、たのしみが消えた夏の到来が、さらに老齢の身をさびしくさせるのか、よくわからないでいるのだ。

二十年ほど前までは、夏が来るのを待ちかねたように、京都へ出かけた。奥嵯峨《おくさが》・鳥居本の茶屋の、躰も染まるほどの深い緑陰の縁台にかけ、冷酒をやりながら、おもうさま、鮎《あゆ》を食べるのを例としたものだ。

中庭の木立を吹きぬけてくる風の匂いもよかったが、さして鮎を好むわけでもないのに、十津川でとれたばかりの新鮮な鮎を頭から口へ入れ、いくらでも食べられた。

いまは、どうだろう。まだ、いくらかは、のびやかな夏が、まだ、いくらかは残っていた当時と現在とでは、あらゆるものが変ってしまった。

何にせよ、迂闊《うかつ》に、むかしのままだと鮎のみか、おもいこんで出かけたり、期待をかけたりすると、とんでもない目にあうことになる。

町育ちの私も、さすがに、いまの東京には愛想がつきかけている。冷房がきいた都内の、行きつけのホテルへでも泊まって、肩のこらない本をベッドへころがって読みながら数日をすごすのが、近年の私の夏休みなのだ。

はじめてテレビを買ったころ

今年の夏の異常さは、六十をこえた私が物ごころついてより、はじめて経験したほどにひどかった。

私が体調をくずしたほどだから、病気の人はたまらなかったろう。友人の荻昌弘・おおば比呂司の両氏が急逝《きゅうせい》されたときのショックは、いまも忘れない。あまりのショックに、弔《ちょう》花《か》は送ったが、私は葬儀にも出られなかった。

雨また雨の毎日、ベッドへ寝ころんで、この二人の友人のことを、あれこれと考え、ついに朝となってしまうこともあった。

いずれにせよ、六十をこえれば、最期のときがせまっている。

むろんのことに、これだけは体験したことがないわけだから、大いに不安であり、恐怖を感じるが、自分が、どんな最期をとげるか、それを、いよいよ見とどけるという興味と好奇心がないでもない。

秋になった或《あ》る日、絶好の秋晴れとなったので、久しぶりに銀座へ出て、試写会へ行った。

〔マイライフ・アズ・ア・ドッグ〕という、スウェーデンの映画である。

主人公の少年（十二歳）イングマルが、病身の母と兄と暮す町は、スウェーデン南部の、海が見える町だ。春から夏、秋にかけて、少年の激変する生活が、あくまでも明るく、しかもリアリスティックに描かれる。まず少年の兄弟は、母を病気でうしなう。親類たちの世話で、それぞれに新しい生活がはじまる。弟のイングマルは、田舎《いなか》の叔父の家へ引き取られる。

いまから、三十年前のスウェーデンである。

スウェーデンの村の家庭では、ようやくテレビを我が家にそなえ、ボクシングの名選手イングマル・ヨハンソンのタイトル・マッチに熱狂していたころだ。私の家でも、ちょうど、そのころにテレビを買うことができた。

私も家族たちも、テレビの人気番組〔コンバット〕に夢中となった。

テレビを買った翌年の春、私は小さな庭の一隅に浴室をもうけた。そのときのよろこび、便利さを何にたとえたらよかったろう。

亡き母は、

「自分の家で、お湯に入れるなんて、一生、あるまいとおもっていた」
と、いった。

夏の間、私は毎日、浴室で水を浴びた。

一家の暮らしは、二万円で充分だった。旅館の最高の部屋が約二千円、レストランのビーフ・ステーキは千円だった。

太平洋戦争が終わって十五年、戦争に生き残った若者たちが進路を見いだし、懸命に努力をつづければ、必ず実りがもたらされた時代だったのである。人びとには〔希望〕があり〔夢〕もあって、その実現に立ち向う気力があった。

夏になって、病院にいる母の死に立ち合ったイングマルは、また兄と別れ、叔父の家へもどる。

イングマルは、夜空の星に向って語りかける。亡くなった母と、獣医のもとへあずけてきた愛犬シッカンに語りかける。

この映画に登場する人びとは、三十年前の私たちのように生き生きと輝いている。ガラス工場の職人、屋根専門の大工《だいく》など、いまの東京から消えてしまった職種を演じる人びとの大半は俳優ではないそうだ。ことに、イングマルの親友で、サッカーやボクシングが好きな美少年サガ（実は少女）が、しだいにふくらんでくる乳房を隠しきれなくなって悩む姿も、おもしろく、魅力的だ。

スウェーデンはさておいて、いまは、いわゆる発展途上国といわれる国の映画がおもしろい。そうした国々には、まだ不足しているものがたくさんあるから、人びとは、苦悩とよろこび、貧と富の対照をうしなっていない。だから、映画のテーマが、いくらでも見いだせるのだろう。

試写が終わり、外へ出ると、夕闇《ゆうやみ》が淡くただよっている。客が家へ来ることになっているので、私は急いでタクシーの駐車場へ向った。東京には車輌があふれているのに、時間と場所によって、タクシーに乗ることがむずかしくなってきた。少し待って、私はタクシーをつかまえることができた。この時間だと辛《かろ》うじて、高速道路も、その役目を果たすことができる。

乗って、しばらくしてから、突然、運転手が問いかけてきた。

「お客さんは、自動車をお持ちですか？」

「いいえ、持ってないけど、どうして？」

「私の息子が、とうとう車を買っちまったんです。やめろといったんですが聞きいれません。アルバイトで稼いだ金をためて、中古車を買いました」

「どうして、それが……？」

「自動車は便利な乗り物ですけど、一つ間ちがうと兇器《きょうき》になるんです。まだ大学も出ていない息子が運転するのは、どう考えても、いいことじゃありません」

「ふうむ……」

「いま、東京の自動車は増えすぎて、これがもう限度ですよ。私は三十年も、この商売をやってますけど、ほんとうに、そうおもいます。車が増えると道路を修理する。または新しい道路をつくる。こんなことの繰り返しでは追いつきません。このごろ、つくづくと、そうおもいます」

「では、どうしたらいいのかしらん？」

「わかりません。それを考えるのが政治家じゃないんですか」

「そのとおりだね」

「このまま、車が増えるにまかせておくと、いまに、とんでもない事が起きますよ。断言してもいいです」

ちょうど、高速道路の降り口にさしかかっていた。

私は、もっと、この運転手と語りたかったが、あきらめて上着のポケットから財布を出した。

私が生まれた日

大正十二年一月二十五日の、その朝は、雪が降っていた。

当時、父は日本橋・小網《こあみ》町の綿《めん》糸《し》問屋《どんや》〔小出商店〕の通い番頭だった。

二十五日の当日、父は店をやすみ、浅草・聖天《しょうでん》町の自宅の二階で、朝から酒をのんでいた。

店は休日だったのかも知れないし、大雪になったので出勤が面倒になり、酒をのみはじめたのかも知れない。どうも後者のようだ。

気が向けば、いくらでもはたらくが、気が向かないと、

「縦のものを横にもしない……」

のが、父の性格で、私も、この性格を多分に受けついでいる。

父は大酒のみだった。

この日も、朝からのみはじめて昼前に酒が切れてしまったものだから、

「酒を買って来てくれ」

と、母にたのんだ。

折しも母は、出産の日が今日か明日というときだったが、すぐに表通りの酒屋へ出かけた。当時の女は、これほどのことは何でもなかったし、とりわけ、母は丈夫にできている。

で……。

母は、酒屋へ着いたときに産気づいた。

すぐに家へ運ばれ、近くの猿若《さるわか》町から産婆さんが駆けつけてきた。

そこで生まれたのが、私なのである。

「オギャーッ……」

と一声。まぎれもなく、父母にとっては初めての男の子が生まれたものだから、産婆さんが我事のようによろこんで、二階へ駆けあがり、

「池波さん。男のお子さんですよ。男のお子さんですよ。早く、下へ来て、お顔を見てあげて下さい」

大声に告げると、父は、産気づいた母と共に届けられた酒をのみながら、こういったそうな。

「今日は寒いから、明日、見ます」

産婆さんは「こんな父親を、はじめて見た」と憤慨《ふんがい》したそうだが、私は、こういう父が好きなのだ。というのも、やはり私には、父のこういうところがないでもないからである。

母

人の一生というものは、まだ物心がつかぬうちの、生まれてから三、四歳ごろまでの生活環境によって、ほとんど決定づけられてしまうそうな。

その物心つかぬうちはさておき、私の記憶の中で、もっとも古い母をおもい起してみると、たとえば、埼玉県・浦和の田園風景の中で、私を背負って歩く母の背中の体温とか、クレヨンで画用紙に動物や人形の画を描き、これを私のために切りぬいて紙人形のようなものをこしらえている姿だとか、朝露にぬれた庭の菜園でトマトや茄子の実を截《き》り落している横顔だとか……。

さらに一転して劇場の椅子で私を抱きながら歌舞伎を見ている姿や、手に抱えきれぬほどの絵本をみやげに買って来て、私の前へひろげて見せているときの、母の顔に光っている眼鏡の玉だとか、およそ、そんなものである。

そうした、どこの家庭の子供の記憶にも残っている平凡な母との生活が、まぎれもなく現在の私へむすびついていることを、このごろ、つくづくとおもい知らされている。

　それは小説を、しかも時代小説を書いている私の現在の職業にも、ぬきさしならぬ連係をもっているようだ。

母にしても、そのころが、もっとも平穏な暮しを送っていたことになるのであろう。

関東大震災で、浅草聖天町の家を焼きはらわれた父母は、私をつれて、当時は、まったくの田舎だった浦和へ住み、そこから父は汽車で、東京の店《たな》へ通っていた。

父は、少年のころから、日本橋・小網町の綿糸問屋〔小出商店〕でつとめあげた通い番頭で、母と結婚した当時の月給は六十五円だったというが、そこは派手な商売だったから、月給は、ほとんど手をつけずに母へわたし、自分が毎夜、浴びるように飲む酒は、ほとんど綿糸相場をやって入る金でまかなえた。

　父の酒は乱れるというのではなく、飲んで飲んで、うごけなくなると二日も三日も打ち通して眠りこけるのだ。

私が生まれたのは大雪の日で、折しも父は、酒のあとの眠りをむさぼっている最中であって、

「男のお子さんが生まれましたよ」

と、産婆が大声をあげて、二階へ駆けあがると、父は蒲団《ふとん》へもぐりこんだまま、

「寒いから、明日、見に行きます」

と、いったそうだ。

父の店が倒産し、東京へもどり、下谷根岸で〔ビリヤード〕を父がはじめたころから、私の記憶も、いくらかは鮮明になってくる。

こうなってからの父は、もう、いけなかった。

父は、東京でも名の通った宮大工《みやだいく》の棟梁《とうりょう》の長男に生まれ、池波家の、たった一人の男の子というので、両親がなめまわすようにして可愛がり、〔小出商店〕へ入ってからは、とんとん拍子に番頭となって、金まわりも羽振りもよくなり、一度も蹉跌《さてつ》をしていない。

だから、たとえ玉突き屋でも、辛抱して、これを経営して行こうという根気がなく、すこしでも、おもしろくないことがあれば酒に溺れた。

そのころの母といえば、丸髷《まるまげ》に結ってゲーム取りをしたり、客の相手をして玉を突いたりしている姿が、先《ま》ず、思い浮ぶ。

つぎに、ある夜。ふと、目ざめると、父が何やら怒鳴っていて、

「子供が起きるじゃありませんか」

と、父をたしなめている母の声を、いまも、ありありとおもい出すことができる。

そのうちに、父が激昂《げきこう》した。

母が、ひどく撲《なぐ》りつけられ、

「助けてえ」

と、叫び、外へ逃げた。

これで、父と母は離婚してしまったのである。

こう書きのべてくると、一方的に、父が悪いようだが、母も人一倍に気が強く、そこは、あきらめのよすぎる東京の女だから、どこまでも辛抱をして、父を更生させようなぞというやさしさはあまりなかったようだ。苦労をするのが嫌だというのではない。自分のためにする苦労なら、いくらでもする。ぐうたら亭主に愛想をつかしてしまったら、一時《いっとき》の辛抱もしたくないというわけだ。

父と別れてのち、母は再婚し、弟を生み、またしても離婚して、実家へ帰って来た。

母の実家は、浅草永住《ながずみ》町にあり、錺《かざり》職の祖父と祖母に私は育てられていたわけだが、そこへ、母が、満一歳の弟を抱いて帰って来たので、

「それは、どこの子？」

と、私がいったら、

「お前の弟だよ」

事もなげに、こたえた。

こうして、私は父方の姓をつぎ、弟は母の姓をついだ。

母は、それからのち、現在にいたるまで、私にも、また他人にも、父の悪口をいったことはない。父の性《さが》の善良なことを、母もよく、わきまえているからであろう。

二度も離婚をして、二人の子を生んで、実家へ帰って、父（私の祖父）が亡くなって……それからが、母の血相ただならぬものとなる。

私と弟、それに祖母と曾祖母の四人を女手ひとつで養うことになったからだが、しかし、それも本望であったろう。もともと母は、実家への念を断ち切り難く、池波家へ嫁いでからも、絶えず仕送りをしたり、物を運んでやったりしていた。長女というものは、そういうものらしい。くわしくは聞かぬが、そうした母の仕様が破婚の原因の一つになっていたのではあるまいか……。

とにかく、私が小学校三年生のころになると、母は殺気立ってはたらいていたものだ。

いろいろ仕事をしたが、その中で、日比谷の大阪商船ビルの地下にあった〔萩や〕というレストランの下働きをしていた母が、のちに株式仲買店へ小僧に入った私のために、茅場《かやば》町の店へ挨拶にあらわれたとき、萩やのネームの入った番傘をさしてあらわれたのを、私はおぼえている。

女持ちの傘を買う余裕がなかったのだ。

では、いかに、ひどい貧乏だったかというと……それはたしかに貧乏ではあったけれども、私と弟は、いつも、腹いっぱい食べていたのである。

近ごろ、老母が簞笥《たんす》の底を掻きまわして、

「こんなものが出て来たよ」

と、私の小学校の通信簿（成績表）を、書斎にいる私のところへ持って来た。

見ると、栄養が〔甲〕になっている。

これには、つくづく、ありがたいとおもった。

そのときに、母が、こんなことをいった。

「あのころは、貧乏もひどかったけれど、私は十日に一ぺんは、御徒《おかち》町の〔金鮨《きんずし》〕へ行くのがたのしみだった」

「冗談じゃあねえ。おれは一度も連れて行ってもらわなかった」

「お前たちにまで、食べさせるゆとりはなかった」

つまり、身を粉にしてはたらいているのだから、十日に一ぺんほどは、大好きな鮨

でもつままなくては、

「生きている甲斐《かい》がない」

と、いうのであろう。

こういうところに、母らしい性格がよくあらわれている。

わが子を連れて行かないのだから、もちろん、祖母や曽祖母も連れて行かぬ。

自分だけのたのしみなのだ。

自分だけのたのしみなくして、なんではたらけよう、と、いうわけだ。

もっとも、母は自分の口から、そうはいわぬ。

「私は、すこしも苦労なぞ、して来なかった。昼間はたらいて、夜なべに内職をするなんてことは一度もしたことがない。なまけるときは、うんとなまけた」

と、いう。或る意味で、当人としては事実をいっているつもりなのかも知れぬ。

しかし、かえり見ると、そのころの母は気が立っていた。

私は、いつも撲りつけられ、ののしられた。もっとも、私だけではない。祖母にしても、母の毒口にはたまりかねていて、いつだったか、さすがにたまりかねた私（小学校五年生のころ）が、母に組みつき、これを表の道へ放り投げたことがある。それを見ていた祖母が、さも小気味よげに、

「もっとやれ、もっとやれ」

と、私をけしかけたことを、いまだにおぼえている。

「豆腐の角へ頭を打《ぶ》つけて死んでしまえ」

とか、「大川（隅田川）には蓋《ふた》がしてないんだから、たのむから、行って飛びこんでおくれ」とか、それほどの毒口は、まだよいほうであった。いきおい、子供ながら私も、これに対抗する。いまもって私の口が悪いのは、この所為《せい》なのかも知れない。

いま、これを母にいうと、

「そんなこと、するもんですか」

とぼけきってしまっている。年を老《と》ってから、母は、ずるくなり、とぼけるのがうまくなった。

母の従弟といっても、いまは六十をこえたNが、私に、

「ねえさんは、むすめのころ、じゃじゃ馬のお鈴と町内で評判をとったものだ」

というのをきき、あとで母は怒った。そんなはずはない。そんなことは、

「身におぼえのないことだ」

と、いい張り、従弟への怒りは、なかなかにさめなかったものだ。

とにかく、このときの、私の反抗もなかなかのものだったらしく、現在の老母が、

もっとも恐れているのは私ひとりにちがいない。

いまでも私は、家人同様に母を叱りつけもするし、はたらかせもする。そうしたときの私の口のききようは、家人に対してのときと同じに、しごく悪い。

たとえば、

「いい年をして、電話一つまんぞくにきけねえとはどういうわけだ」

とか、

「女房を出すときは、あんたにも出て行ってもらう。女たちが悪いのは共同責任だ」

とか、おくめんもなしにいう。

これは家人に対しても同様であって、家人を打つときは、すかさず、母にもガラスのコップを投げつける。もちろん、手かげんはするが……。

他人が見たら、なんという息子だとおもうだろうが、これでないと、気の強い女たちを御《ぎょ》しては行けなかった。

もっとも、現在は、このようなまねをしなくとも、女ふたりの生活も二十余年にわたるので、私は、もう、だまっていても事がすんで行くようになった。

子供のころの私は、まず、このように荒々しく、母に育てられた。もっとも母は、私や弟を「育てる」とか「育てた」とかいう感覚も持っていないらしい。私たちが勝手に育った、と、おもっている。

昭和初期のそのころ、三十前後の女だった母が無我夢中ではたらいていて、わが子をかまう暇とてなかったわけだが、そうした親にかわって私どもを育ててくれたのは、まぎれもなく小学校の教師《せんせい》たちであった。

義務教育にたずさわる小学校の教師たちが、全責任を負って生徒をあずかっていて、義務教育への母の支出は、まことに微細なものであったという。それが、「当然の事」と、されていた時代であった。

東京の下町では、となり近所が助け合い、たがいの不足をおぎない合うことも当然だったもので、そうした環境に生きていたからこそ、母の細腕で一家をささえることもでき得た。不足だらけのエネルギーが、われわれの町に充満していたようにおもう。母が、あれだけ荒々しく私をあつかいながら、私が読む小説本や芝居・映画を見物するための小遣いを惜しまなかったのは、母自身、そうしたものを、すべて、「好んだ……」からにすぎない。そこに特別な意識を何も持たないのである。

私の小学校の成績が、クラスで一番だときいても、母は、ほめもしなければ、うれしげな顔も見せなかった。また、勉強をなまけて成績が低下しても、これを叱らなかった。

これとても、母は意識してのことではない。

つまり、そんなことに、神経をつかっている暇がなかったのだ。

結果からいって、こうした母がいたことは、後年の私には、非常に〔よい薬〕となってくれた。

むかしの母は、喜怒哀楽のうち〔怒〕のみをあらわし、他の三つの感情を、ほとんどあらわさなかった。

ただ、私が何度も直木賞候補にあげられ、そのたびに落ちていたころ、一度だけ、家人に、

「あんな奴が書いたの、どこがいいのだ」

と、吐き捨てるようにいったことがあるそうだ。

あんな奴、とは、そのとき、直木賞を受賞した作品のことである。

むろん、母は、その作家の受賞作を読んだわけではない。まことにもって、けしからぬ暴言ではある。その作家に申しわけもないことだ。

だが、しかし、その母の言葉に、私は、はじめて、母の私に対する愛情の表現を看《み》たのである。

六度目に、私は直木賞を受賞した。

知らせの電話がかかって来て、私が出ているとき、家人が階下にいた母へ、受賞のことを知らせた。

そのとき、

「おや、まあ……」

といって、立ちあがった母の眼鏡が落ちた。それを母が踏みつけ、割ってしまったそうだ。かつてないことではある。

母が、私に対して、このような表現をしたのは、この二回のみだ。

母は、もう、七十をこえた。

そして五年ほど前から、すこしばかり、愛嬌《あいきょう》がにじみ出てきた。

これは、母が、すこしずつ、「子供に返りつつある……」からだろう。

私ども夫婦には、子がない。

しかし、母は、私を、「お父さん」と、よぶようになった。

これは、私が飼っている小動物に引きかけて、よんでいるつもりなのであろう。

現在の母は、近寄って来る死期を、母なりに見つめてい、死ぬまでに、見たいものを出来得るかぎり見たいの一事に生きている。

今年も、夏がすぎると、大阪の弟の家へ泊りがけで数日をすごしに行き、帰京するや、近所の主婦たちと山陰地方をまわり、ついで、伊豆箱根へ出かけようとしている。

出発の日の前夜、二階の書斎へ、怖《こ》わ怖《ご》わと、母があらわれる。

仕事をしている私に、「じゃあ、明日、行って来ます」と、いう。

これが、小学生が遠足に行くときの口調そのものだ。

「うむ」

と、振り向きもせずに、私は、うなずく。

「お父さんが、いそがしいのに、すみませんねえ」

という。

「食べすぎなさんなよ」

「でも、うんと食べて肥《ふと》っておけば、心臓が圧迫されて、死ぬとき、楽だからね」

と、こういうところに、むかしの毒口のおもかげが残っているのだ。

だから私も、

「それは、そうだ。長患《ながわずら》いは、こっちもたまらねえからね」

「だからさ、うんと食べることにしているの」

「ああ、食べてくれ、食べてくれ」

「じゃあ、行って来ます」

「うむ……」

「気をつけて……」などとは、私も口が腐ってもいわないのだ。

私は、老母が、こうした行楽や、自家の交際《つきあい》のための費用に事欠くようなことは、決してさせない。これも当然のことだ。

だが、母は、大阪にいる弟と共に暮したかったのであろう。

「お父さんの世話になるつもりは、すこしもなかった……」

と、以前は、よくいったものだ。

十五年ほど前に、弟が交通事故で死にかけたとき、その弟のベッドの裾《すそ》にすわりこみ、すっかり打ちひしがれていた母を、私は忘れ得ない。あのような母を見たのは、はじめてであった。

私は小学校を出て、すぐさま、株屋の店員となり、戦争に出て行くまでは、それこそ、分不相応《ぶんふそうおう》な贅沢《ぜいたく》をいくらもして来ている。この点、亡父の若いころそのものといってよい。

だが、弟は、小学生のころから日本が戦争に突入してしまい、つづいて、三度も東京で焼け出された上、戦後の荒廃の中に青春をすごしたことを、長男の私にひきくらべて、「ふびんにおもっている……」らしく、弟のみは、実によく可愛がって来た。

弟もまた、母には甘えて、それがまた老母にはうれしいのだ。

弟も、いま、ようやくにすべてが安定して来て、老母へ息子らしいこともできるようになった。

これが十年前だったら、母は弟のもとへ行ったろう。

しかし、いまとなっては、私のもとにいる母も安定してしまった。

何が安定したかというと、私のことはさておき、家人との間が〔安定〕したのである。なればこそ、母は、私のもとで息を引きとるつもりになっているのであろう。

もっとも、いまの母は大変に丈夫だ。私のほうが先に行くかも知れぬ。

私の親しい人相・手相の鑑定家によると、私の躰が丈夫なのは、母の体質を受けついでいるからだという。

「だから、そのつもりで、あなたも覚悟をなさることです」と、いわれた。

この言葉を、そのままにつたえたとき、

「お父さんは、病気を一度もしなかった。これが何よりの親孝行だ」

めずらしく、老母は神妙な顔つきで、そういった。

この夏。

盆が来て、母は、浅草の父の墓へ出かけた。秋の山陰旅行へ行くときのために、家人がこしらえたスーツに身をかためて、

「富さん（私の父）も、私の洋装を見るのは、はじめてだろうよ」

と、いった。こういうところは、たしかに、むかしの母にくらべると、毒気がぬけてきたようだ。

ところで……。母にならって、家人も、私のことを、「お父さん」と、よぶようになってしまった。

家人は、私よりも年上である。

こうなってくると、家人の〔夫〕というよりも、また母の〔息子〕というよりも、いまの私は、この二人の女（老婆といったほうがよいのだろうが……）の父親のような気持になってしまい、その所為か、眉毛《まゆげ》などは、真白になりかけている。

「それはビセツのロウソウだから、長生きをするよ」と、老母がいう。〔ビセツのロウソウ〕すなわち〔眉雪の老僧〕である。

家

私は、関東大震災があった年、大正十二年一月二十五日に、東京・浅草の聖天町六十一番地に生まれた。

折しも大雪の日で、父は勤めを休み、二階の八畳で炬燵《こたつ》にもぐりこみ、朝から酒をのんでいたが、何しろ大酒のみの父のことであったから、たちまちに酒が切れてしまい、母が近くの酒屋へ行き、酒を買ってもどる途中、にわかに産気づいたという。

帰宅して、猿若町から産婆をよび、私が生まれた。

産婆が二階へ駆けあがって、私の父に、

「生まれましたよ、生まれましたよ、男の子さんが……」

叫ぶや、父は炬燵へもぐったまま、

「寒いから、明日、見ます」

顔色も変えずにいったそうな。

父は、このように、いささか変った男であったが、父のことばかりはいえない。私にも、ちょいと、そうしたところがないではない。

父と母は、この家で約二年、暮したのち、大震災に遭《あ》って焼け出されたので、むろん、私は生家のことをおぼえていない。母がいうところによれば、玄関の格子戸《こうしど》を開けると三尺の土間があり、その上が三畳。奥の間が八畳で、その向うに縁側。五坪の庭に便所が突き出ていたという。階下はこれだけで、台所は玄関に接した一坪ほどの板の間に下流しがついていた。二階は八畳一間。瓦《かわら》屋根の仕舞屋《しもたや》で、家賃は八円だったそうである。

この家の間取りや、母の語る当時の暮しぶりを聞くと、そこにはやはり、江戸の名残りが、まだ色濃くたちこめていたようにおもわれる。台所には竈《かまど》があり、薪《まき》で飯を炊き、味噌漉《こ》しや擂鉢《すりばち》、擂粉木《すりこぎ》、水瓶《みずがめ》、水桶《みずおけ》などがあり、水も石井戸から汲《く》みこんだそうだ。現代の女たちが電力やガスを指先ひとつで、わけもなく操作し、二、三時間のうちに片づけてしまう仕事に、むかしの女たちは、ほとんど一日中、追われ通しだったといってよい。

私ども年代の女たちが、おもいもかけず、七十をこえた母のような女の若いころの暮しをすることになったのは、戦争に敗《ま》けて荒廃しつくした戦後の数年があったからだ。

私は、昭和二十五年に結婚をし、駒込神明町《こまごめしんめい》の六畳一間の棟割《むねわり》長屋で世帯をもったが、炊事は薪や炭にたよらねばならなかった。ちなみにいうと、この長屋は新築で、六坪の中に部屋が一つと出入口、押入れ、台所、便所がおさまってい、家賃は月に千五百円だったとおぼえている。

ガスはなくとも水道があり、むかしの女たちの水汲みに要する時間は省けたにしても、近辺の女たちの労働は、いまからおもうと大変なものであった。

煮炊きをする火かげんに絶えず気をくばりながら洗濯をし、洗濯をしながら幼い子たちを見守る。子たちの相手をしながら、夕の惣菜《そうざい》の事を考える。一つの事だけを考えていたのでは、うまく一日が運ばない。

必然、女の気ばたらきが磨きぬかれてゆくわけである。

現代では、何事も電気がやってくれて、女たちには大量の余《よ》饒《じょう》時間がめぐまれるようになった。

先日。都内の或るデパートへ行き、ちょうど昼どきだったので食堂へ入った。

昼食時のデパートの食堂は、さまざまの女たちでいっぱいになる。私と同じテーブルに、四人ほどの三十五、六に見える主婦たちがいて、天丼だのカツレツだのチャーシュウメンなどを食べながら、大声で語り合っていた。

まず、こんなぐあいだ。

「亭主なんか、キンゾウキよ」

「何、それ？」

「キンは金。ゾウは造《つくる》。キは機械」

「アハ、ハハ……つまり、お金をつくる機械ってわけね。そうね、そのとおりだわ」

「あら、それじゃ、もったいないくらいだわ。亭主なんか、フンゾウキよ」

「フンって……あら、いやだ。まあ、ウンコのこと？」

「ええ、そう」

「アハ、ハハ……」

「ヒ、ヒヒ……」

「亭主なんか、ポリバケツだわ」

つまり、台所の食べ残しを捨てるバケツのことをいっているらしい。

「だから、何でもいいのよ。口へ入るものでさえあれば、ね」

「ほんと。そのとおりだわ」

「明日は、Ｍさんとごいっしょだったわね」

「ええ、一時に駅で……」

「アラ。お二人で、何処《どこ》へいらっしゃるの？」

「あの……これは、秘密。ね、Mさん」

「ええ、秘密、秘密……」

　そのうちに、また、妙なはなしがきこえはじめる。

　何だか、大きいとか、小さいとかいっては、彼女たちが笑いころげているのだ。私は知らぬ顔をして鮨《すし》をつまみながら耳をそば立てた。

　どうも、その大きいとか小さいとかいうのは男の〔もちもの〕のことらしい。

「ほら、駅前のスーパーの魚屋のおじさん、アレ、大きそうだわ」

「アラ、ほんと？」

　などといっている。

　そのうちに、スワッピングのはなしがはじまったので、私はテーブルからはなれた。

　これは嘘いつわりもなく、私が目撃し、耳に聞いた事実である。

　あえて、批判はすまい。

　いずれにせよ、現代女性たちが享受している時間の余饒が衆人環視の中でのこのような会話を生むことになったのは事実だ。もっとも、日本の女のすべてが、こうではないことを申しそえておきたい。

さて……。

関東大震災で焼け出された父母と私は、一時、埼玉県・浦和へ疎開し、数年後に東京へもどり、下谷の上根岸《かみねぎし》へ家をもったが、間もなく、父母が離婚をしたので、私は母と共に、浅草・永住町にある母の実家へ引き取られた。
ときに、私は七歳で、それから戦争に出て行くまでの十数年を永住町で暮したことになる。

母の実家には、まだ祖父母と曽祖母が存命で、ただ一人の孫の私に慈愛をかけてくれた。祖父は錺職人であった。

この家は玄関も何もない、いきなり道路から長四畳の部屋。つぎが六畳、台所。二階は三畳と六畳の二間で、裏手の屋根に物干しがついており、ここへ出ると、はるか彼方の上野駅に発着する汽車が見えたものだ。大震災後の典型的な下町の家であって、土地は借地であったが、家は祖父が建てた。近辺は、いずれもこのような家ばかりで、炭屋・油屋・洋服屋・弓師・仏師・鍛冶《かじ》屋・八百屋・下駄屋・駄菓子屋・酒屋など、すべて人びとが手足をうごかして品物を造り、これを商う姿を、子供の私たちは朝に夕にながめて育ったのである。この時代の生活が、いま、時代小説を書いている私にとり、どれほど実りをもたらしているか、はかり知れぬものがあるといってよい。

幅五メートルの道路は、これらの家の人びとの共通の社交場であり、子供の遊び場所であった。当時、自動車の類は、町中の道をほとんど通らず、しかるべき大通りのみをえらんで走行した。たとえば〔十二間《けん》道路〕とよばれたような大通りが、車馬やトラックの通行路として設けられていたからである。

われわれの町の道すじは、文字通り、天下の公道であって、われわれがおもうさま、いろいろなかたちで利用することができたのである。冬は焚火《たきび》もできて、その灰の中へサツマイモを突込んでおき、子供たちが火を囲みつつ、イモが焼けるのを待つという、現代では田園の子供のみにゆるされたことを、東京の下町の子供は享受できたのである。

夏は、各家が必ずそなえていた縁台を路上へ出し、涼風をたのしみながら将棋《しょうぎ》を指したり、語り合ったりする。

夕暮れになると、蝙蝠《こうもり》さえ飛び交《か》っていたのだ。

一日は先ず、納豆売りの少年の声に始まる。季節によって、金魚売り、苗《なえ》売り、竿竹売り、蟹《かに》売り、朝顔売り、定斎《じょさい》屋（薬屋）それに威勢のよい浅蜊《あさり》売りの声などが朝から日暮れまで絶えなかった。夜ふけてからは火の番の柝《き》の音である。

　こうした日本的な町の情緒を書きのべていたら切りがない。

情緒をうしなった町は〔廃墟《はいきょ》〕にすぎない。

　町の人びとは、共通の道を大切にした。今朝は我家の者が両どなりの家の前を掃《は》き清める。すると翌朝は、となりの人がお返しをする。車庫もない自家用車を他人の家の玄関前に停めて平然としているような東京人《びと》は、一人もいなかった。

　母は、父と別れてのち再婚をしたが、また出て来てしまった。このときに弟が生まれている。

　それからの母は、祖父亡きのち、男の子二人を女手ひとつに育てたわけだが、当時の東京は一所懸命にはたらくものを飢えさせてはおかなかった。となり近所は何事にも助け合って、これが母のような女にとっては、どれほど心強かったか知れない。私たちの教育は、すべて小学校の先生が引きうけてくれ、親たちは安心して、まかせきりだったし、母が私の学校へよばれて行ったのは、いたずらがすぎた私への注意をうけに行ったのが二、三度。それきりであったという。

　また、一つの家には、平常の場合、かならず老人がい、夫婦がい、子供がいた。老人のいない家は〔家〕ともおもわれなかった。老人がいないと、衣食住の基本が若い女たちへつたえられない。おぼえられないからであり、おぼえられなくては日々の暮しに女自身が困るのであった。これがすべて、金しだいで何とでもなり、電気がすべてを仕てのけてくれる現代では、なるほど、老人が要らなくなるわけである。

下町の貧しい人びとは、年の暮れがやって来ると、どのようなむりをしても畳《たたみ》を新しく替え、障子を貼《は》り替えた。母などは着物を質に入れても、そうした。私も十歳ごろから障子の貼り替えをさせられたものだ。子供の私が小さな剃刀《かみそり》を口にくわえ、片手に持った刷毛《はけ》で障子の骨へ糊を打ってゆくとき、そくそくとして年の暮れの雰囲気が身に感じられた。そうして、新年を迎える仕度がととのった、小さな家にたちこめる香りは、また何ともいえずに清《すが》すがしい。

新年は、こうしてやって来る。

夏は、祭のそろいの浴衣《ゆかた》からはじまる。両国の花火は我家の屋根からも見えた。

四季のない町は、日本の町ではない。

ともかく、そのころから四十年を経たいま、私は、いま書きのべたような〔暮し〕を、いまのところは何とかつづけて来ているが、これから先のことはわからぬ。東京の変貌は、こうした人びとの暮しを、すべて奪い取ってしまったが、せめて私の家の中だけでも、むかしから馴《な》じんだ暮しをつづけているところだ。それに、そこは五十年も東京で暮しているのだから、砂漠の中のオアシスを見つけ出すように、むかしのままの〔東京〕を、現代の〔東京〕に見出すこともできないではない。

ただし、これから先のことをおもうと、慄然《りつぜん》となる。

私の先祖は父方母方、何代にもわたっての東京暮しなので、逃げて行くべき〔他国〕がないのである。

そのかわり、他国から来た政治家や木《こ》ッ端《ぱ》役人が、私どもの町々を滅茶苦茶に掻きまわし、叩き毀《こわ》してしまった。

戦後、私は神明町の棟割長屋から、現在の品川区荏原《えばら》へ三十坪ほどの地所を得て、住宅金融公庫から金を借り、二階一間、階下二間の小さな家を建て、二度ほど改築したのち、五年前に、現在の家を同じ場所に建てた。

やむなく、建てざるを得なかったのだ。

仕事に必要な書物の置場が、どうにもならなくなったからである。これは食べもの屋が店を改築するのと同じことで、母などは以前のままのほうがよかったらしいが、改築にふみ切った。

他の土地を買い、庭もあり、家もややひろくすることは、金を借りて出来ることだったが、女たちが現在の町に愛着をもってい、近辺の人たちとの交流をこれからも存続させてゆきたいというし、あえて、現在の場所で改築することにした。

私も家では〔お山の大将〕なのだが、こうしたときの家族の意見は重く看る。二十年も、いまの場所で大過なくすごしてこられたのは、町が家族の性情に合っているからであり、これを無視すると、家庭生活にまで種々の影響がおよんで来る。

地所がせまいので改築のためには、一時、他の町へ仮住居をせねばならなかった。こうしたときには、よほど、神経をくばらぬといけない。感覚の敏感な家畜などは、転居すると病気になったり、死んでしまったりする。我家の飼い猫も、約半年の仮住居と、改築された家へもどって来る間に、二匹とも死亡してしまった。

母も家人もわずかではあったが、健康を損《そこ》ねたようである。

男は、いちいち家族の気を引き立てるようにし、先ず自分自身の健康を、特別に気をつけなくてはならない。

たとえ、そうしたことが、そのときはスムーズに運んだように見えても、後になって、おもわぬ結果となることが間々あるのだ。

私の幼いころからの友人は、職業上やむなく、この二十六年間に十二回も、日本の北から南へ転勤しつづけた。そして近年、やっと浦和市へ家を建てて落ちついたのだが、先日、夫婦で私の家へ見えたとき、私は、つくづく、友人の細君をほめたたえずにはいられなかった。風土も気候も人情も異なる土地へ絶えず住み替えて行きながら、夫婦も二人の子も健康を持続しつつ、二十余年を切りぬけて来たということは、友人はさておき、その細君に敬意を抱かざるを得ない。

私の遠縁の女は、夫に従って、北国へ移り住み、そのときの気苦労がもとですっかり躰をこわしてしまい、東京へもどってから数年後に病歿《びょうぼつ》している。

近年は、銀行から莫大な借金をしても、早く新築しておけば、インフレの進行度が速いから、結局は有利になるということで、

「借りろ」

「建てよう」

と、だれもが先を争って家を建てはじめた。

それは、それでよいのであろうが、大金を借りたからには返さねばならぬ。大きな事業でもしていれば別のことだが、個人の場合は、はたらき手の肩一つにそれがかかってくる。借金を背負える年代にもよるし、いかにインフレ時代といえども、その影響は目に見えぬところではたらいている。

戦前の東京人は、自分の家を建てることなど、夢にもおもわなかった。どこにも手頃な借家《しゃくや》があったからだ。いまは借家なり貸マンションなりの費用と収入のバランスがとれないというあせりにとらわれる。どうしても自分の家をもたなくてはならない。人口が増加する一方で、さらに家族が分裂するから、高層のアパートの一劃《いっかく》を買うよりほかに仕方がなくなる。

都市計画も何もない、ただ高層集合住宅を増やせば、事が解決するという都政であり国政なのだから、人間は家畜なみにあつかわれる。

だが、家畜になればなるほど、動物感覚が圧迫されて来て、人間の人間たる特長が失われてゆく。

先日、集合住宅の階下で、少女が鳴らすピアノの音にいらだった男が、少女と、その母を殺害した事件。あのような事件は、これから頻発《ひんぱつ》するようになるだろう。家畜の神経は、人間よりむしろ敏感に音響の衝撃をうけ、これを堪え切れぬ。それは他の動物の生態を見れば、たちどころに判然とするのである。

私の家は、母・家人・私の三つの部屋と、応接間。それに書庫から成っている。浴室・便所をのぞいては五部屋にすぎない。しかし、これを三十坪の土地へ建てるとなると、どうしても書庫だけが、はみ出してしまう。やむなく、三階建にした。これだけの地所へ三階の家を建てることになると、それはコンクリート造りでなければ許可されない。

三階は屋根裏のかたちで、すべて書庫にし、物干しの露台をつけることにした。

そこで、だれに設計をたのもうかと考え、いろいろ建築雑誌を見ているうち、F誌にのっていた辰野《たつの》清隆《きよたか》設計の家を見て、

「これだ」

と、おもった。

その家は、私のイメージと同じものではなかったが、辰野氏なら安心をしてまかせられると直感したまでである。

そこで、F誌の編集者に辰野氏を紹介してもらい、一夕、食事を共にし、改築前の家へも来ていただき、私の考えている家というものを辰野氏へ語った。

一カ月後に、設計図が出来た。

一目見て、

「これで結構です」

と、私はいった。

注文としては、屋内の戸のすべてを〔引戸《ひきど》〕にしてもらうことだけであった。

ドアは異国のものである。国土が小さく、人口が多い我国の個人建築にはまったく適さない。

洋風家具も同様に適さない。

私の書斎は洋風にしてあるが、これは仕事の上での便利さからで、他の家族の部屋はいずれも日本間だ。応接間は、洋服の訪問者のためのものである。どうしても、これは、椅子とテーブルを置かなくてはならない。

工事中、ほとんど、私は見に行かなかった。

家人は、青山の仮寓《かぐう》から、三日に一度は通って近所の人びとへ挨拶をしたり、わびごとをいってまわったりした。

コンクリート工事の音響は、近所の人たちへ、ひどく迷惑をかけるからであった。

ともかく、半年だけ、辛抱をしていただいた。

こちらも、礼をつくしたつもりである。

工事が終って、帰って見ると、私のおもったとおりの家が出来あがっていた。

そのかわり、庭はまったく消えた。

廊下もない小さな家なのだが、老母と、すでに老年に近づきつつある私どもが住み暮すには、これほどの家がちょうどよいのだ。これ以上、ひろくなると掃除も行きとどかぬことになってしまうだろう。

応接間の外は、前の道である。

子供たちの遊ぶ声がきこえるし、近辺の人びとの立ちばなしの声も耳へ入る。こうした環境は、浅草のむかしの家そのままで、南面の隣家の庭は、まるで我家の庭のようなものだ。この隣人との親密な交際があったので、私も、ここをはなれなくてもよい気持になったのだ。隣家との境は、申しわけ程度の低い垣根のみである。双方の家族は庭づたいに、行ったり来たりしている。

この家を建てるとき、電気と石油のみにたよるのではなく、むかしの私や母が暮していた家のような、いまでは原始的だといわれそうな設備をしておきたいとおもったが、それは、かぎられたスペースの中で、やはりむりであった。

そのときの不安は、いまも消えていない。

水と日光と土への恩恵を忘れた都市は、かならず、大自然の報復を受ける。

いまから、覚悟している。

老母が、まだ健在だし、世間に対して若干の借りもあるので、あと二十年ほどは私も生きていたいとおもっているが、その間に、私が生まれてこの方、つづけて来た家の暮しは崩壊してしまうかも知れない。

ちかごろの日本は、何事にも、

「白」

でなければ、

「黒」

である。

その中間の色合が、まったく消えてしまった。

その色合こそ、

「融通」

というものである。

戦後、輸入された自由主義、民主主義は、かつての日本の融通の利《き》いた世の中を、たちまちにもみつぶしてしまった。皮肉なことではある。

もっとも、百年前のアメリカが、そうだったらしい。

日本も、この新しいモラルを自分のものとするまでは、百年かかるのだろうか。

人為の文明と共に歩むのなら、百年も遠しとはしない。

だが、科学と機械の暴力を押え切れぬかぎり、日本の自由民主主義は、百年をもちこたえられないとおもう。

科学と機械の文明の中で、せまくて小さな日本の国にふさわしいものだけを採り入れることができぬかぎり、日本人の〔家〕は、すべて、ほろび消えるであろう。

そのあとには、得体の知れぬ東洋人が生き残り、まったく別種の国体を造りあげるのかも知れぬ。

私は、できるかぎり、私が生まれ育った東京の暮しをつづけ、ちからつきたときは死のうとおもう。

死ぬことは未経験のことゆえ、怖《こわ》いけれども、いま、死んだところで、こころ残りはまったくない。

猫

私のところでは、むかしから猫を飼っているので、猫のいない自分の家など考えられなくなってしまっている。

私が子供のころから今日に至るまで、何匹の飼い猫の死を見とどけてきたことだろう。とても数えきれない。

もっとも、私は仕事に倦《う》み疲れた気分を変えようとして、猫を玩具《おもちゃ》がわりにするので、猫からはきらわれている。

その中で、シャム猫のサムだけは、いくら、しつっこくおもちゃにしても私に好意をもっていてくれるらしい。

シャム猫は、これで三代目だが、いずれも人なつこい。いまのサムは夜半すぎになると音もなく書斎へ入って来て、私の仕事が終るまで、私のベッドで眠っている。

仕事を終えた私が、ほっとしてウイスキーをのむとき、彼にも小皿へウイスキーの少量を水割りにしてやると、音もたてずに飲んでしまう。彼にとっては、ウイスキーよりも、いっしょに口へ入れてもらうチーズがほしいのかも知れない。

はじめは、おもしろがってむりに飲ませたウイスキーなのだが、シャム猫は、これまでの三匹とも、みな飲むようになってしまったのだ。

このほかに、飼っている猫は三匹なのだけれども、野良猫が合せて五、六匹も飯を食べに来る。

飼い猫の中で、ネネという牝猫《めすねこ》も捨て猫だったのを近所の子供たちが拾って、私のところへ持って来たのである。

この猫は黒と白がまじっていて、飼いはじめのころは、私の机の一隅へ坐りこみ、飽くこともなく二時間も三時間も、原稿紙の上を走るペンのうごきを見つめていたものだ。

ところが半年ほどして、突然、行方不明になってしまった。

老母や家人が心配をして、ちょうどそのとき、近くのアパートから九州の方へ移転する人の荷物を乗せた軽トラックが走り去ったので、

「その中へ、まぎれ込んでいたのではないか……」

ということになり、九州の、その人の移転先へ問い合せの速達を出したりしたが、

「猫など、入っていませんでした」

と、返事が来た。

それで私たちもあきらめ、いつしか彼女のことを忘れてしまっていたところ、その後、半年ほどして、

「ネネちゃんが帰って来たわよ」

近所の人が大声で知らせてくれた。

飛び出してみると、角の家の塀の下に、まぎれもないネネが、むっくりと肥《こ》えた姿で坐っている。

こうして、また、ネネは我家へもどったわけだが、行方不明になる前には仲よくしていたシャム猫のサムが、出もどりのネネを脅すようになり、ネネは悲鳴をあげて逃げまわるようになってしまった。

ほかの二匹の猫とも、うまく解け合わず、いつも独りで、サムの目がとどかぬ場所をえらび、凝《じっ》としているのだ。

半年の間、ネネは何処にいたのだろう。

通りがかりの若い女が気まぐれに拾ってゆき、飽きてしまったので、拾った場所へ

捨てに来たのだろうか。

ちかごろは、そうした例が少なくないという。

ともかくも、出もどりのネネは、他の三匹の飼い猫に気がねをしながら暮している。眼が小さくて三角形をしているものだから、老母は、

「ネネの眼は、帝釈《たいしゃく》さまの眼にそっくりだ」

などという。

明け方近くになり、仕事を終えた私が廊下へ出ると、サムの眼を逃れたネネが片隅にうずくまってい、その腹や頭を撫《な》でてやると、そのときだけは拾われてきたときのように甘え声を出す。

その声をききつけて、書斎にいたサムが飛び出して来ると、ネネは、あわてて何処かへ隠れてしまう。

さて……。

つい先ごろ、月刊誌の連作小説を十五枚ほど書いたところで、はたと行き詰ってしまった。

いつもなら、一日か二日で壁を突き破れるのだが、このときはどうにもならず、五日も六日も先へすすまぬ。仕方なく他の仕事に手をつけていたが重苦しい毎日が暑熱

の中でつづくのはやりきれなかった。

そうした或日の夕暮れに、応接間で、ぼんやりと食事前の酒をのんでいると、ネネが道路に面した塀の上に腹這《はらば》いとなって寝ており、いつものように空間の一点を見つめたまま、身じろぎもしない姿に気づいた。

（あんなとき、猫は、いったい何を考えているのだろう？）

私は、いつも、そうおもい、犬などよりはずっと人間に近い生きものとして猫を見るのだった。

「おい、ネネ。何を考えている？」

私がよびかけると、ネネは物憂《ものう》げにこちらを見て、ふたたび、顔をそむけてしまった。

その瞬間に、私は、

（しめた!!）

と、おもった。

押しても突いてもくずれなかった小説の壁に、ぽろりと穴が開いたのである。

そこへ猫を登場させることによって、小説はどうやら結末へつながろうとしている。

そのとき、私は到来《とうらい》物の生《なま》の車海老をワサビで食べており、最後の一尾が残っていた。

「ネネ。ここへおいで」

よびかけたとき、廊下から、これも捨て猫を近所の子供が拾って来て、私のところへもって来た仔猫《こねこ》のトン助がノコノコとあらわれ、私の膝へ乗り、鼻を鳴らした。

彼は、我家でもっとも可愛がられている猫だ。サムにも可愛がられている。

「ダメ」

と、私はいい、

「あっちへお行き」

トン助を廊下へ追い出したら、そこにサムがいる。

私は応接間の扉を閉めてから、ネネを何度もよんだ。

やっと、ネネは重い腰をあげ、塀から降りて、応接間へ入って来た。

私は車海老を箸《はし》でちぎって、ネネにあたえた。

さも、うまそうにネネが食べるのを、ちょうど入って来た老母が、

「あれ、もったいないじゃないか、車海老を……」

と、眼を剝いた。

「いいんだ。ネネは役に立ってくれたのだから……」

私はこたえて、車海老をあたえつづけた。

私の正月

運転手が、運転をしながら、

「一年、早いですねえ」

ぽつんといった。

年の暮れの或日、ある人の出版記念会へ出席するための私を乗せた自動車は高速道路を走っていた。

見わたすかぎりの、東京の空の下は、大小のビルディングの灯《あか》りの氾濫《はんらん》だった。

日本では、まだ、高度成長期とやらの残滓《ざんし》が、こんなに華やいでいる。

フランスでは、昨年の年末からパリのエッフェル塔のイルミネーションが政府の節電令で取りやめになったそうな。

元来、フランスのエネルギーの倹約ぶりは、パリと地方を問わずに徹底している。

昨年の秋。フランスを二十日ほどまわって帰国してみると、あまりにも日本の、無制限ともいえる電力やガスの消費に目をみはるおもいがした。

パリに住んでいる私の友人のアパルトマンでは、一日分の給湯や電気の量も制限されてい、廊下など真暗闇《まっくらやみ》だ。

どちらがよいのだろうか。

申すまでもなく日本のほうがよいにきまっている。便利にきまっている。

数年前までは、この便利さを人びとは素直によろこんでいたものだった。

人影もないオフィスの窓々が煌々《こうこう》たる照明にみちあふれている。

だが、その明るさに、新年への期待と希望を感じるものは、いまや、だれもいまい。

いまはもう、世界中が行先の目安がつかぬ時代となってしまった。

「麦の伸び行く夜を信ず」

と、うたった詩人のこころを、私も大切にしたいと願っているのだが……。

先ごろ、旧知のエッセイスト・植草甚一が亡くなったとき、追悼《ついとう》の一文をもとめられ、

「……これからは一年ごとに、植草さんのきらいな世の中がやって来るにちがいない。世の中が、あまりひどくならないうちに、私も植草さんのように、（うまく死にたいものだ……）と、いま、考えながら、机の引き出しを開けたところだ」

と、書いたのだが、しかし、年の暮れが押しつまってくるにつれ、五十をこえた私に尚《なお》、新年を迎える気分がわきあがってくるのは、やはり、幼少のころの正月が貧しいなりにみたされていたからだろう。

人間という生きものは、苦悩・悲嘆《ひたん》・絶望の最中《さなか》にあっても、そこへ、熱い味噌汁が出て来て一口すすりこみ、

（あ、うまい）

と、感じるとき、われ知らず微笑が浮び、生き甲斐《がい》をおぼえるようにできている。大事なのは、人間の躰にそなわった、その感覚を存続させて行くことだと私はおもう。

この一事は、エネルギー問題に大きな関係があることを知らねばなるまい。

私の正月は、やはり、年賀状からはじまる。

年末の数日が私の休暇で、大晦日《おおみそか》から仕事にかかっているから、昼近くなって起床する。元旦だけは家族も私と共に雑煮《ぞうに》を祝うので待機しているが、二日からは、ほとんど平常にもどる。

重箱の料理で酒をのみながら、一枚一枚と年賀状を見るのが、元旦のたのしみだ。何年も会わぬ人びとの顔や暮しを想いながら、二合ほどのむ。

残りは書斎へもどって、ベッドへ寝そべって見る。

そのうち、私が仲人《なこうど》をした人びとが数組やって来る。

その人たちの相手をしながら、仕事をはじめる。

正月に、私の家に見える人びとは多くない。

編集者たちも、私が元旦から仕事になることを知っているので、顔を見せるのは会社がはじまってからだ。

だから、いたって静かな正月で、二日三日と、それでもいくらかは余裕のある気分で仕事を少しずつすすめ、のんびりとレコードを聴くこともできる。

うれしいのは、年末の大掃除と大整理で、書斎が、いくらかでも清らかになっていることだ。このことだけでも正月が来るのはよい。

私は三年間連用の日記をつけているが、三年前の夕飯は、いただきものの生の車海老で二合ほど酒をのみ、重箱のおせちで飯を一杯。夜食は狐うどんと記してある。日記には、日々、食べたものだけを書いておくが、ふしぎなもので、それだけでも当日の出来事がおもい出されてくる。

一昨年の夕飯は、おせちに、焼豚、根深汁《ねぶかじる》で飯。夜食は、信州・上田の〔刀屋《かたなや》〕という蕎麦屋から届いた蕎麦粉で蕎麦掻きをつくり、それから、二月の歌舞伎座に書きおろした脚本へ手を入れている。

昨年は、鱈《たら》ちりで酒二本。飯は根深汁に浅漬ですませ、夜食はジャム・トーストに、罐詰《かんづめ》のコーン・スープだ。

こうして三が日が終るころには、ようやく新しい年に予定されている仕事への闘志もかためられてくる。

何といったって、食べて行かねばならぬ。

そのためには、仕事をしなくてはならぬ。

その仕事も、ちからのこもったものでないと、私どものような職業のものは、たちまちに読者から見捨てられてしまう。

そうなっては、仕事も来なくなる……という、きわめてわかりやすく単純な道理によって、自分をはげますことにしているのだ。

今年の一月二十五日で、私は満五十七歳になる……と、こう書いてきて、

(へえ。おれが五十七になってしまったのか……)

何だか、夢を見ているような気分になってきた。

五十になったときから、私は、自分の生活の単純化に努めてきたが、これからは尚《なお》更《さら》、簡潔な暮しを自分に強要して行こうとおもう。

いまから生涯を終えるまで、自分のするべきことは、ほとんど決まってしまったようだ。

そのことが、むしろ、私を落ちつかせてくれるのである。

私の一日

七年ほど前までの私は、一年の予定、一カ月の予定、一日の予定なぞというものを考えずに暮して行けたものであった。

忙しければ忙しいように、暇ならば暇のように、自分の気持も躰も、それに順応して、いくらでもついて行けたのである。

かなり、酒をのんで、夜から朝にかけての仕事ができたし、徹夜も平気であったが、いまは、酒も日暮れ以後にのむと仕事ができなくなってしまったし、一夜ねむれぬときの翌日は、疲れがひどくて、どうにもならぬ。

人間、五十を越えると、先ず、睡眠である。

いくら御馳走《ごちそう》を食べようとも、ねむれなくては身がもたなくなってしまうし、ねむれぬときは物が食べられなくなってきた。

このため、いまの私の一日は、つまるところ、一日の終りの眠りを主体にして組み立てられているようだ。

Ｇ通信社が年の暮れにくれる大判の日程表を三つ用意してあるのは、三カ月のスケジュールを一目で見られるようにするためだ。

数年前から、私は二つの月刊誌に小説を連載しているのだが、二つとも、主人公は同じであっても、毎月毎月が独立した短篇になってい、それでいて連載小説のかたちを成していなければならぬ。

自分の仕事のことを、事さらにいうのはいやなことだが、この二つの仕事には、まったく骨が折れる感じが、このごろはしてきた。

先ず、その、

「骨が折れた。苦労して書いた……」

という感じを読者にあたえてはならぬ、ということに苦心をする。

それがためには、どの仕事にも余裕《ゆとり》をもって取りかからねばならない。

余裕とは〔時間〕である。

私の場合、二つの連作小説で、約半月の日数を看ておかねばならない。

むろん、その他の仕事も重複してやるけれども、基本としては、一日十枚のつもりでいなくてはならぬ。

それでないと、どうしても気持に余裕が生まれてこない。

それならば、お前は、一日に何時間、仕事をしているのかと問われれば、

「三時間」

と、私はこたえるだろう。

実際、机の前で、本当にペンをうごかしている時間は、それくらいなものだ。

だが、一年に三度ほど、突然、つぎからつぎへ書くことが浮んできて、一日に、七、八十枚の原稿を書くことがある。こういうときは、十何時間もペンをうごかしつづけていて、まったく疲れをおぼえない。

とにかく、これまでもそうだったが、どのように仕事がたてこんできても、二分《にぶ》の余裕を失わぬようにすることを、私はこころがけている。

目ざめるのは、朝の十一時ごろだろう。

ベッドにいて、冷たいカルピスをコップに一杯のむ。

これで胃腸を目ざめさせるのだ。

それから、新聞を持ち、便所へ入る。

西洋式の便器だから、ゆっくりとしていられる。先ず三十分はかかるだろう。用をすませ、顔を洗って出て来て、梅干一個を食べ、茶をのむ。

それから階下へ行き、第一食を食べる。

味噌汁に香の物、それに何か一品つけて、御飯は一膳しか食べない。

食事を終ってから、ヒゲを剃《そ》る。ヒゲを剃ってから、またしても便所へ入る。

そして、近所へ散歩に出る。

このときが、たいせつだ。

一日の仕事の段取りが、この散歩の中で決まる。決まらぬ日の仕事は非常に苦しい。

(今日はA誌の小説を書こうか、B誌にするか……それとも、新聞の連載をやろうか……?)

考えながら歩いているわけなのだが、考えているという意識はない。

このように、一日の仕事を、どれにしようかと選ぶことができるためにも、時間の余裕をもっていなくてはならない。どの仕事も一度に締切りが来てしまったのでは、気分が乗らぬのをむり押しに書かねばならぬ。むろん、その出来はよくない。読者こそ、いい迷惑である。

散歩していて、何かの拍子に、パッと、今日いちにちの仕事の構想が浮んでくる。どこをどうしてと、くわしく脳裡《のうり》に浮んで来るのではない。かたちとしてではなく、感覚として、パッと浮ぶ。頭の中を一瞬通りすぎる幻影のようなものだ。

その幻影を、帰宅してから、頭の中で育てて行くのである。
来客があり、電話があり、またはベッドに寝転んでレコードを聴いている間にも、幻影がすこしずつ、かたちになってととのえられてゆく。

そのときはわからぬが、レコードを聴こうという気分になっているときは、かなり、調子がよい。

気分が乗って来ると、たてつづけに、古い、ベニイ・グッドマンのレコードなどをかけて、仕事をしている。こういうとき、音楽は頭に入っていない。ペンを休ませるときに、ふっと聞こえてくるだけだが、こうして、レコードを聴きながら、日中に原稿紙へ向っているときなどは、仕事の調子が最高に出ているのであろう。

そして、夕飯のときまでに、たとえ五枚でも書けていたら、もう、いうことはない。五枚書いてあるということは、つぎの五枚、十枚の内容がかたちとしてではなく、感覚的に、頭へ浮んでいることなのだ。

そうなれば、夜ふけに机へ向うときも、面倒ではない。
ところが、いつまでもぐずぐずと、夜がふけても、寝転んでテレビを見たり、雑誌を見たりしているときの重苦しい気分は、たとえようもないのだ。

私どもの仕事は、毎日、ちがったことをしなくてはならぬ。今日は戦国時代を背景にした小説を書き、明日は、江戸末期の市井《しせい》を背景にしたものを書くというわけで、何よりも、気分の転換がうまくおこなわれないと、どうにもならない。

そういうときには、むしろ、外へ出て好きな映画を観る気持にもなれないのである。無意識のうちに、着ている物を取り替えたりしている。

私は、一日中、家にいて、この仕事をするようになってから、家庭の女が日に何度も着ているものを替える気持がわかってきたようにおもう。

女たちは、化粧をし、髪のかたちを変え、着物を替えたりしながら、単調な一日の労働の気分を、無意識のうちに転換しようとしているのであろう。

今日の夜ふけから、翌日の未明にかけての仕事のことを、朝、目ざめたときから、胸の内に、

「おもいつめていること……」

が、私にとってはたいせつなことだ。

ストーリイをああしようとか、こんなふうに書いてやろうとか、そうしたことではなく、絶えず、おもいつめている。私の小説は一日一日が勝負で、たとえば今夜、小説の中で仕掛人・藤枝梅安が、強敵をどのような手法で仕とめるかというのは、その

場面まで書きすすんでみないと、わからぬことなのだ。はじめから、それを考えていたのでは不自然になってしまう。そのことのために、うまく辻褄《つじつま》を合せて書きすすめるようなことになりかねない。

敵を仕とめるのは、私ではない。藤枝梅安が仕とめるのであるから、梅安の思慮と行動にまかせなくてはならない。そうしたときには、自分でも、

（いったい、どうなるのか？　うまく書き終えることができるのだろうか？）

と、不安でならない。

ただもう、おもいつめて、自分が、そのときの梅安になりきることができれば、自《おの》ずと敵を仕とめる手法も浮び出て来るのだ。

おもいつめて、気が昂《たか》ぶって、ねむれぬときも月に何度かはあるが、そうして、すこしずつ、前途がひらけて行くときのうれしさこそ、この仕事の醍醐味だともいえよう。

その、おもいつめる時間によって、私の一日の大半は費やされるといってよい。机に向って書くことは、そのしめくくりのようなもので、苦労は書かぬときの半分にもなるまい。

おもいつめる時間がほしいために、私は、自分の仕事を三カ月から半年ほどかけて調整している。

たとえば……。

私は、今年の九月と十一月に、東京の明治座で新作を上演することになっているのだが、明治座側にいわせれば、

「こんなに早くから、なぜ、急《せ》かすのか……」

と、おもうほどに、上から下まで何十人もの出演俳優の顔ぶれの決定を、早く知らせてくれとたのんでいる。

そして、九月と十一月の芝居の場割は、もう出来てしまっているのだ。

このくらいにしておいて、折にふれ、おもいつめている。そして、気分が乗れば、一場でも一幕でも書く。九月の芝居よりも先に、十一月の脚本が出来あがってしまうかも知れない。

小説の場合、締切りの半月前に出来あがることもめずらしくない。しかし、すぐには渡さない。折にふれて机の上へ出して見て、推敲《すいこう》し、手を入れる。

いま、この稿を書いている時点で、私の机の上には、A誌七十枚の小説が十枚書けている。B誌七十枚が七枚書けている。C誌四十枚が十二枚、週刊誌が二週間分書け

ている。

さらに、九月の芝居の第一場が書けている。

いずれも完成してはいないが、このようにして、分散的に仕事をすすめ、その日の気分によって書きすすめ、そのまま、気分が乗って行けば、一気に仕上げてしまうのである。

以前は、月に一度、七日も十日も気ままな旅をすることができたが、さすがに、いまは出られない。

そうなると、私の外出は、映画の試写会を中心におこなわれる。

映画を観ることが、何よりのたのしみだけれども、その前後に、街を歩いて買物をしたりするのが、知らず知らず気ばらしになっているのであろう。

夜食のための買物をするときも、こうしたときだ。

浅草へ出て、好きな蕎麦屋で酒をのむのも、日暮れ前のことである。

ときには、葛飾《かつしか》の町にまで出かけて行って、物めずらしげにきょろきょろと歩き、うまくて安い鮨屋を見つけたりする。

いずれにしても、夜に入れば帰宅する。

毎日、かならず仕事をしなくてはならないのだから、みっともないはなしだが、日中から酒をのみ、赤い顔をしているのが近ごろの私なのだ。

帰って、ベッドへ入る。

外出せぬときは、夕食のときにのむ酒二合、あるいはウイスキーのオン・ザ・ロックス三杯ほどで、食後にベッドへ入る。

このときは、いつ、いかなるときでも絶対に熟睡できる。

このときの、約二時間の熟睡が、医者にいわせると、

「非常によい」

のだそうである。

前夜、ねむれなかったときも、このときの睡眠で取り返してしまう。

九時ごろ、起きて、仕事の準備にかかる。

ぼんやりとレコードを聴きながら考えていることもあれば、書庫へ入って調べものをするときもある。

そして十一時前後に入浴し、それから夜食を食べる。

十二時ごろから、いよいよ書きはじめて、午前三時に終る。

終ってから、ウイスキーをのむ。

このときも、何か軽いものを食べるが、ちかごろは鑵詰の果物にしている。

のみながら、ベッドへ寝そべり、文楽や円生のレコードを一時間ほど聴くこともあり、読書することもある。

空が白みはじめてから、ねむる。

たいてい、ぐっすりとねむるが、ねむれぬときは、その日の仕事が、どこかいけないのだ。

そういうときは翌日、昼間から前日の仕事の手直しをしなければならない。

老母や家人が起き出し、戸を開けたり、掃除をしたりする音が耳について、なおさら、ねむれなくなり、

「うるさい」

と、叫ぶこともあるが、それは三カ月に一度ぐらいなものであろう。

こうした、余所目《よそめ》には単調な毎日をつづけている私だが、今年のように、むかしの私にもどって芝居の仕事が多くなると、芝居と小説との間を行ったり来たりするための調整に骨が折れる。

脚本を書いて、他の演出家にまかせてしまうのならよいのだが、これまでの経験では、私の場合、うまく行ったためしがない。

そこで、演出もすることになるのだが、演出の仕事は一種の〔現場監督〕のようなもので、何十人ものスタッフや俳優をひきいて、舞台をまとめるについては、いろいろに神経もつかうのである。

全員の気持を、先ず、芝居に乗せて行かねばならぬ。

それには、たとえ、舞台を下手《しもて》から上手《かみて》へ通りぬけるセリフ無しの役者にも、

「やり甲斐がある」

と、おもわせ、熱中させるだけの肉づけをしてやらねばならぬ。

そして、彼らのすべてが乗ってくれれば、主役も傍役《わきやく》も乗って来て、引き立つのである。

つぎには、全員が気をそろえて、仲よく舞台をつとめるような雰囲気をつくらねばならない。

これは、スタッフや配役を決めるときの段階で、しっかりかためておかねばならぬ。

稽古に入ってからは、自分も出て行って、うまくはないが演技をして見せることもある。

演出者は、たとえ下手《へた》でも、自分で演じて見せられなくてはいけない。これが、私の持論である。俳優たちは、こちらが、たとえ下手でも、

（ははあ……こういうものか）

と、す早く、感じとってくれるものだからである。

椅子にふんぞり返って威張っているだけでは、俳優は納得せぬ。納得したように見えても、肚《はら》の中では、俳優は納まらぬものなのだ。私は、殺陣《たて》まで手直しをして見せる。

こういうわけで、稽古中には躰も、かなりつかうことになるから、帰宅して、とても疲れる。ところが、疲れてもねむれないし、小説の仕事にもかかれぬときがある。

それは、やはり、芝居の仕事というものが私を興奮させているからなのだろう。

それは、あらかじめわかっているから、それなりに前もって、小説の仕事を調整しておかねばならない。

脚本は、できるだけ早く、俳優たちへわたさねばならぬ。

近ごろのように、稽古期間がなく、寄せあつめの俳優たちに演じさせるのだから、一日でも早く、彼らにわたして読ませておいたほうがよい。

むろん、彼らは安心をするし、それは私にとっても、稽古がスムーズにすすむことなのだから、よい結果を生むことになる。

稽古から初日を開けるまでの数日は、食べるものも倍に増える。それだけ躰をつかっているからなのであろう。

これは小説のように孤独な仕事ではなく、何十人もの人びとと共にする仕事なのだから、私にも、為になることが少くないのだ。

ひとりひとり、それぞれちがう個性のもちぬしに稽古をつけ、スタッフを一丸にし、協力してもらわねばならぬ。

そのためには、種々の技巧を要するわけだが、あくまでも、演出者としての誠意をつらぬいて行かねばならぬ。

だから、芝居の仕事を一つ終えたとき、確実に、私は新しい何ものかを得ることになる。

ゆえに、面倒なこの仕事を、まだ、捨て切れないのかも知れない。

師走の私

師走が押しつまってくるときの情緒は、先ず、冬至の日の柚子《ゆず》からはじまる。

もっとも、これは現在の東京でのことではない。

戦争前の東京では、私どもが育った下町のしがない職人の家のものでも、柚子の香りのぷんぷん匂う銭湯の湯へあたたまり、帰りには近くの蕎麦屋へ寄って、天ぷらそばの一つも食べたものである。

いまは柚子一個が百円も百五十円もする。ふんだんに湯の中へ投げこむわけにもゆくまい。柚子湯なぞ、むしろ、しないほうがよいほどだ。

冬至がすぎると、夜毎に冴えわたってきて、町には暦売りが出て来るし、町の物音がちがってくる。

いまの東京の町の音は、車輛と工事の騒音のみになってしまい、これは春も夏も、師走だとて変ることがない。人の暮しにも季節がなくなってしまった。

町をながすさまざまな物売りの声や、道行く人びとの声までも、大晦日へ向ってあわただしく、

「押しつまってくる……」

　のであった。

　私の母などは、女手ひとつに家をささえていて貧乏暮しをしていたときなど、ひたすらに、ただもう、正月のお節をつくるための費用を捻出《ねんしゅつ》するため、あたまをいためていたものだ。

　金がないときは、

「質《しち》へ入れても……」

お節をつくり、荒《あば》ら家《や》の畳を入れ替え、襖《ふすま》、障子を貼り替える。これをしないと一年のけじめがつかず、さらにはまた、これから迎える新しい年への闘志がわいてこない。

　障子貼りは私の役目で、十か十一の私が〔二銭剃刀〕を口にくわえ、障子の桟《さん》へ糊を打ってゆくとき、子供ごころにも師走の情緒へ、どっぷりとひたりこめたものである。

　まあ、こういう育ち方をしたものだから、五十の新年を迎えようとするいまでも、

むかしからわが家でおこなってきた行事は、なるべく欠かさずにやっている。家の外の東京の風景は、見る影もなく荒廃してしまったけれども、家の中では、むかしに変らぬ師走のあわただしさが、日と共に加わってくる。

こうした情緒など、いらぬというのならそれでもよいが、味わうことのできる人は、味わわない人よりも幸福なことはたしかだ。

なるべくなら、仕事は二十日ごろまでに、すべてを終えてしまい、先に立って師走の行事をしたい私なのだが、今年は少々いそがしくて、そうもならぬ。以前は家人や弟を引きつれ、京都の錦《にしき》の市場へ、お節につかう野菜などを買出しに出かけたものであった。

また、先祖の墓参りもすませ、何から何まで早目に終えて、あとは家の女たちにまかせ、二十五日ごろから、毎日のんびりと町へ出て、好きなものを食べたり、映画を見たり、読書をしたりする。

私にとって師走は、一年に一度の休養の月なのだ。

そのかわり、夏の最中にも何処へも行かず、仕事をつづけている。

だが、今年も、浅草の〔年の市〕ぐらいは、たのしみに行けるであろう。

十二月十五・十六日の両日は〔ガサ市〕といって、正月の注連飾《しめかざ》りなどを売る市で、十七・十八の両日は、いよいよ〔羽子板市〕となる。

その年々の当り狂言の役者たちを押絵にした羽子板が、ずらりと屋台店へならぶ江戸情緒が、いまも浅草に残っているということは、私どもにとって、まことに、

「こころづよい！」

ことなのである。

年の市へ行くなら、昼飯を控え目にしておき、夕暮れも、まだ明るいうちに出て、駒形《こまがた》の鰻《うなぎ》屋〔前川〕か、鳥料理の〔金田〕で、ゆっくり酒をのみ、したたかに食べてから出かけよう、などとおもっている。

〔前川〕も〔金田〕も、私が七つ八つのころから錺職人だった祖父につれられて行った老舗《しにせ》で、ことに〔前川〕の鰻は、私にとっては、

「むかしに変らぬ味……」

なのである。

むろん、戦争中に焼土と化した浅草だけに、〔前川〕も戦前の建物ではないが、やたらに座敷を立派にしたり、ともすれば会席ふうにものものしくなったりする鰻屋とはちがい、あくまでも鰻を食べさせることに専念する。

また、座敷女中の取りなしのよいこと、これも戦前をしのばせるに足る。

これこそ、鰻屋における接待なのであって、よけいなことはすべてはぶき、客の酒の飲み方、その分量に合せ、鰻をうまく食べさせようというやり方である。

つまり、浅草の〔駒形どぜう〕にしろ、深川・高橋の〔伊《い》せ喜《き》〕にしろ、むかしから知られた泥鰌鍋《どじょうなべ》の店では、うだるような夏の暑熱にも絶対に冷房の設備をせぬ。

その暑さに汗をふきふき、熱い泥鰌鍋に向うのが、味覚の本領だからである。

〔前川〕に冷房がないというのではない。すべてにおいて、いかにも、

「鰻屋らしい鰻屋」

だということなのだ。

鳥の〔金田〕は、戦前と経営者が変り、むかしの〔金田〕は〔本金田〕と名のり、象潟《きさがた》町へ移ってやっているが、どういうものか、子供のころからなじみの場所にある〔金田〕へ足をはこんでしまう。むかしは、庭の木立もふかく、離れ屋ふうの小座敷がいくつもあって、祖父が女中にこころづけをやると、帰るときに帳場から、

「女中《こども》にありがとうござい」

と、声を張って礼をのべたことを、いまもおぼえている。

ここも〔前川〕同様、中年の女中たちの接待が戦前の浅草をしのばせる。

庭も座敷も変ったが、そこはかとなく、むかしの雰囲気が残っているような気がする。

さて……。

今夜も仕事を懸命にやって、せめて年の市にはのんびりできるようにしよう。

絵筆と共に

子供のころから絵を描くことが好きで、

「あの子には、紙とクレヨンさえやっておけば、いつまでも、ひとりで遊んでいる」

と、母がいったそうだ。

私が十歳のときに亡くなった祖父は、

「お前が大きくなったら、鏑《かぶら》木《き》清方《きよかた》さんの弟子にしてやる」

などと、大きなことをいったし、病身だったが優しい、母方の大伯父も、

「私が、正ちゃん。お前さんを、きっと美術学校へ入れてあげるからね」

まんざら口先だけではなく、そういってくれたが、間もなく亡くなってしまった。

してみると私は、やはり、母がいうように、いつも、うれしげに、いかにもたのしそうに、絵を描いていたものらしい。

小学校の五年になったとき、若いT先生が担任となったが、この先生は数学が好き

だものだから、週に一度の図画の時間まで、数学にしてしまう。

　おもしろくないので、先生に、

「図画は、週に一回ですから……」

　うったえると、T先生は、

「それでは、池波だけ、図画をやってよろしい」

と、画用紙の用意をして下すった。

　私が、ひとりで絵を描いているのを見て、T先生は苦笑しながらも、

「池波は、絵を描いているとき、ほんとうに、うれしそうだね」

「ハイ」

「将来は、絵描きにでもなるつもりかね？」

「………」

　私は黙って笑っていた。

　たしかに、そのころの私は、挿絵画家になって生きて行けたら、どんなにいいだろうと想っていたのだ。けれど、その夢が実現するはずもないと、子供ごころにもあきらめていた。何となれば、当時の、東京の下町に住む子供の大半は小学校を卒業すると、はたらきに出たもので、私とて、その例に洩《も》れなかったからだ。

こうして私は、十三歳で世の中へ飛び出して行ったのだが、はたらきながらもデッサンの画塾へ少しの間、通ったりしたのは、やはり絵が好きだったのだろう。

そのころ、英語の手ほどきも受けた。これは、もっと身を入れてやるべきだったと、いまにして残念におもうが、たとえ少年でも、一端《いっぱし》に大人の世界へ入ってしまうと、いくら躰があっても足りないほどにすることが多く、しだいに遊びに夢中となって、絵からも英語からもはなれてしまった。

そうした自堕落《じだらく》な陰の生活で、得るともなしに得たものが、現在の、時代小説を書いている私の肥料になってしまったのだから、皮肉なことだ。当時の私は文筆で世をわたろうなどとは、いささかも考えていなかった。

いずれにせよ、人間の一生にあたえられた〔歳月〕と〔時間〕は、呆気《あっけ》ないほどに、わずかなものである……と、そこへ、おもいがおよぶのは五十をこえてからだ。

さて、そうなったときに、これまでの自分の半生をかえりみて、おもい残すことは一つもない。

私は、何という仕合せものだったろう。

戦後、敗戦のショックから、どうやら立ち直り、先ず大劇場の作者を目ざしてすすみはじめ、二十八歳のときの新橋演舞場における処女上演以来、よき師、よき先輩と友人にめぐまれ、新国劇を中心にした芝居の世界における仕事でも、おもい残すことはない。

その後、私は小説の勉強をはじめた。

これは亡師・長谷川伸の強いすすめがあったからだ。

私は生涯、芝居の世界で生きて行くつもりだったから、なかなかに足を踏み出せなかった。

「芝居だけでは食べて行けないよ」

いつになく、先生は執拗《しつよう》にすすめられた。

いまにしておもうと、ただ、食べて行けないという一事だけで、先生は小説を書けとすすめられたのではないような気がする。

芝居の世界では、ただ、物を書いていればよいというだけではすまないものがある。一種の政治力のようなものも必要だし、社交的な一面もそなえていなくてはならぬ。いまでこそ他人からも「おだやかになった」といわれ、自分でも、そうおもわぬでもないが、三十をこえたばかりのころの、血気さかんな私には、そうしたもののすべてがなかった。

戦前の自分とは、まるで、人が変ったように仕事へ打ち込み、他をかえりみぬところがあった。気学でいうと、私の星は六白金星だ。この星は強い星で、容易に他人にも世の中にも溶けあえない。

それが齢《とし》をとるにしたがって、おだやかになってくる。長谷川先生は気学をやってはおられなかったが、

（これは、やはり、小説のほうへすすませたほうがよい）

と、おもわれたのではあるまいか……。

そこで、しぶしぶ小説を書きはじめた。小説も戯曲も技法がちがうだけで根本は同じだ。やりはじめてみると、おもしろくなってきた。

昭和三十五年に直木賞を受けてから、本格的に小説を書きはじめ、今日に至っている。

芝居も小説も、絵と同様に、子供のころから大好きで、作家になれたらどんなによいかと想っていたが、それは絵描きになるよりも、はるかにはるかに遠い夢だった。

その夢が実現してくれたのだから、もはや何もいうことはない。

そもそも私は、何事につけても、やりはじめてからすぐに望みがかなったことは一度もない。この一事だけは若いころからわきまえていたので、戦後は一度も迷うことなく、コツコツと目ざすところへ向って歩みつづけたのがよかった。

仕事以外でもそうだ。しかし、のろのろしながらも迷わずに歩いていると、いつか必ず望みはかなえられてきた。私は、よほどに運がよかった男なのだろう。もっとも、これからの自分についてはまったく未知数ではあるが……。

ところで……。

戦後はじめて、フランスへ行ったのは八年前のことだが、これをきっかけにして、また絵を描くようになった。

やはり、フランスへ日本の画家が行きたがるわけだとおもった。

あの国の風光を見てくると、どうしても描かずにはいられなくなる。実に、ふしぎだ。

以後五回にわたって、フランス、スペイン、ベルギーとまわり、そのたびごとに絵筆を持つことがおもしろく、たのしくなるばかりだ。

そうして近年は、自分の本の装釘《そうてい》や挿画も描けるようになった。これは作家としての虚名があるから、出版社もゆるしてくれているのだろう。自戒して一日も早く、本道へもどらねばなるまい。

だが、この稿のはじめに書いたように、挿画を描いて発表したいという、子供のころの夢は六十をこえてかなったことになるわけだから、いよいよもって、いうことはないのだ。

本道へもどっても、おそらく私は、もう絵を捨てきれないだろう。神さまは老後のたのしみ、生き甲斐をあたえて下すったのか……。

絵のほうは欲念もなく、たのしみに描くだけだから健康にもよいらしい。

「ジョギングなんかをするよりも、ずっといいですよ」

と、知り合いの医師にいわれたことがある。

これまでも欲張ったり、気負ったりしたことがない私だけれども、これからは、いよいよ無駄な事を捨てて、でき得るかぎり、簡素に生きたいと切におもっている。

そして、容易ならぬ時代の訪れを、どのように受けとめて行くか、これが最後の難関で、予想もつかぬ。

精神も肉体もおとろえるばかりの齢になって、来るべき凄《すさ》まじい時代に直面するのは、まったく恐ろしいことではある。

現実の進行は、すべての予想を裏切る。

これも、六十余年を生きてきて、はっきりとわかった。

予想なんていうものは、当ったためしがない。

ただ、近年に研究をはじめた気学によって、私は何とか自分の歩む道を探り、見出したいと密《ひそ》かにおもっているのだ。

散歩

四十余年もの間、フランス映画の第一線で活躍して来た老優ジャン・ギャバンが十年ほど前に、レジオン・ドヌール勲章をフランス政府から授与されたとき、ギャバンは折しも〔水門の男爵〕の撮影中であったが、エピーネ撮影所のセットの中で、お祝いのパーティが、ささやかにおこなわれた。

「もっと、盛大に……」

という声も大きかったのだが、ジャン・ギャバンは、

「いや、これは、ごく個人的な祝い事なのだから……」

と、辞退をし、若いころのギャバンを手塩にかけて育てたジュリアン・デュビビエ監督など、ごく親しい人びとのみを招き、なごやかなパーティだったという。

その席上で、ギャバンが、

「人間、欲を出したりしたらダメだね。いつまでも欲を捨てない人は不幸だよ。こと

に、女に目うつりをするのが、その中でも、いちばん不幸だね」

と、もらした。

ジャン・ギャバンは、若いころに、女優ガビ・バッセと結婚し、間もなく離婚。その後、レヴュー・ダンサーのドリアーヌと再婚したが、これまた別れ、十七年後の四十五歳になってから、ファッションモデルのドミニク・フールニエと結婚し、一男二女をもうけて今日に至った。三度目の正直で、ギャバンは、やっと糟糠《そうこう》の妻を得たことになる。

私は、彼が若いころに演じた〔白き処女地〕の純朴の猟師・フランソワから、兵士・労働者・盗賊の親分・ギャング・医学博士・探偵・刑事など、さまざまの役柄を一流のリアリティをもって演じつくし、近作〔暗黒街のふたり〕で白髪の保護司に扮した彼までを見つづけて来たが、なるほど、

「女に目うつりするのが、もっとも不幸……」

だと、さりげなく述懐したギャバンの言葉に、結婚に二度も失敗した彼の、過去の苦い経験が察せられて、苦笑を禁じ得なかった。他の俳優なら、これほどの共感は得られなかったろう。ギャバンなればこそである。むかしから彼の映画を見つづけ、彼の演技を愛しつづけてきたものなら、だれしも、そうおもうにちがいない。

ところで……。

ジャン・ギャバンは、このときのパーティで、つぎのような言葉を吐いている。

「……役者は勲章をもらっても、まさか、胸にブラ下げて映画へ出るわけにはいかないしね。いままでと同じに、私の中身はすこしも変っちゃいませんよ。一週間に一度はカンシャクを起して女房子供にきらわれる男なんだ。ただ、私が勲章をもらえるようなことをしたと自分でおもえるのは、約束を破らなかったこと。金のない相手に金をくれといわなかったこと。酔っぱらわなかったこと。それに浮気をしなかったこと。あとは自分の商売を長くつづけて飽きがこなかった根気でしょうかね」

さらに、また、

「むずかしいことは、その道の商売人が考えてくれる。人間はね、今日のスープの味がどうだったとか、今日は三時間ばかり、一人きりになって、フラフラ歩いてみようとか……そんな他愛《たわい》のないことをしながら、自分の商売で食っていければ、それがいちばん、いいんだよ」

と、この最後の言葉が、私は大好きである。

散歩の醍醐味は、これにつきるのだ。

同じ散歩でも、

「今日はひとつ、一人きりでフラフラ歩いてみよう」

という散歩と、日課の散歩とでは、だいぶんにちがう。

私は、夜ふけから朝にかけて仕事をし、目ざめるのが正午近くなる。起きて、しばらくは頭も躰も、よく、はたらいてくれない。食事をしてから、家の近所を散歩するうちに、すこしずつ、頭もはっきりしてくるのである。

こういう状態の散歩だから、車輛の往来が激しい道は、まことに危険なのだ。さいわいに、近くの商店街はアーケードがついていて、車輛の通行を禁止している。その商店街を端から端まで歩き、帰宅すると、四、五十分にはなろうか。

このときの散歩中に、

「今日は、どの仕事からはじめようか……」

という気持が、しだいに、かたまってくるのだ。

週刊誌の小説にするか、または月刊誌の小説を、たとえ二、三枚でも書き出しておこうか……などと、その日の気分によって、仕事の種類をえらんでゆく。だから、原稿の締切りが迫っていては、ダメなのである。私は、そのように仕事をすすめているし、仕事によって、締切りの日の一カ月前を、

「自分自身の締切り……」

に、しておくこともある。

そして、今日やろうとする仕事が決まると、歩いているうちに、今日の仕事の分量だけのシチュエーションやシークエンスや、登場する人間たちの声などが、断片的に脳裡へ浮びあがってくる。これが浮ばぬときは、別の小説に取りかかったほうがよいのである。

何も彼も、浮びあがって来ないときは、帰宅して着替えをし、外へ出て映画を見るとか、買物をするとか、気分を変えることにつとめる。こういうときの散歩は、それほどに、たのしいものではない。

散歩が、いちばん、たのしいときは、仕事のことを忘れてしまわなくてはならない。

ところで……。

商店街が私鉄の駅前に近づくと、書店がある。ここへは、かならず立ち寄る。人間の眼というものは、昨日、同じ書店の棚を見ていて気づかなかった本を、今日、見出すことがあるのだ。そこにはやはり、昨日とちがった今日の神経がはたらいているのだろう。小説の資料などを探すときは、古書店へたのめばすむことだが、それ以外の、たとえば何年か先に書きたいとおもっている小説に関係した本が眼にとまるのも、根気よく、書店の棚を見てまわるからなのだ。我家の近くに古書店はないが、新刊書の棚を毎日ながめることによって、おもいがけない本を見出すことがある。たとえば私の小説とはまったく関係のない料理の本とか、医学書とか建築関係の本とか、または、釣の雑誌などから、意外の発見をして、それが自分の仕事にむすびついてくることが多いのだ。

書店を出てから、私は帰途につく。

そして、商店街から横道へ入ったところにある魚屋へ立ち寄るが、買物はしない。もしも夕飯に食べたい魚や貝類があれば、それを帰宅してから家人に告げておくのである。

いまは冬だから、日課の散歩は足でしているが、春から秋にかけて、自転車に乗り、すこし遠い商店街へも出かけて行く。自転車の場合は、車輛の多い大通りへも出るので緊張し、たちまちに目がさめる。

そのかわり、今日の仕事の段取りを考えてなぞいられない。どうも散歩は、自分の足でしたほうがよいようだ。

いずれにせよ、日課の散歩は、それほどたのしいものではない。

私の一日のはじまりでもあるし、それはまた、一日の苦痛のはじまりでもあるからだ。

私も十三の年に世の中へ出てから、いろいろな職業についたが、小説を書く仕事ほど辛《つら》いものはなかった。

一年のうちに、

「さあ、やるぞ！」

と、張り切って机に向える日は、十日もないだろう。

散歩が終って、帰宅し、郵便物を整理しているうちに来客がある。その応対をしていても、絶えず、夜から取りかかる仕事のことを考えている。

夕飯がすむ。晩酌に酔っていて、すぐにベッドへ入り、二時間ほど、ぐっすりとねむる。

目ざめてからも、なかなか仕事にかかれず、気が重いままに入浴をすませ、夜食をとり、それから万年筆を手に取る。

一枚、二枚と苦痛のうちに書きすすめるうち、すこしずつ、調子が出て来る。

明け方までに十五枚書ければ、よいほうだろう。

一年に三度ほどは、散歩をしているうちに、つぎからつぎへと書くことが浮んできて、帰宅するなりペンをとって、日中から翌朝にかけ、六、七十枚を書いてしまうことがある。

その翌日は、もう、いけない。一枚も書けなくなっているが、しかし、二日三日は仕事をしないですむ。

そうしたときにこそ、私は、たっぷりと自分だけの散歩をたのしむことができるのだ。

それでも、私は、一週間のうちに、二日か三日は、半日の自由な時間をもつ。

それは映画の試写会へ出かける日なのだ。

いま、私は月刊S・G誌に映画のページをもっているので、洋画各社が試写の日を前もって知らせてくれる。だから、その日にそなえて仕事をすすめ、試写の当日は、いくぶん仕事を楽にしておくことができるからだ。

試写がある当日は、目ざめたとたんに、胸がわくわくしている。

これは少年のころから親しんでいる映画を観ることが、たのしくてたまらないからだし、映画を観終ったあとの数時間の散歩のうれしさがそうさせるのであろう。

映画を観終って、このごろの私は、どうしても、自分が生まれ育った土地へ足が向いてしまう。

私は、浅草の聖天町に生まれ、昭和の大戦が終るまでは、浅草永住町で育った。

したがって、浅草と上野へ足が向くことが多い。

永住町は、浅草六区の盛り場と上野公園の中間にあり、双方の盛り場は、少年時代の私の遊び場所でもあった。

五十をこえると、やはり、故郷《ふるさと》がなつかしくなるものなのだろうか……。

東京人に故郷はない、と、東京人自身が口にするけれども、私はそうでない。私の故郷は誰がなんといっても浅草と上野なのである。

今年の夏の或る日。例によって浅草へ出た私は、並木の〔藪《やぶ》〕へ立ち寄り、酒を三本ほどのみ、蕎麦を食べてから、駒形橋へ行き、橋の中程で大川（隅田川）の川面《かわも》をながめているうち、

「あっ……」

という間に、二時間がすぎてしまったことがある。

いったい、その二時間を、私は何を考えながら大川を見下していたのだろう。

いや、何も考えてはいなかった。

ただ、ぼんやりと川面を見ているうちに二時間がすぎてしまい、あたりに夕闇がたちこめているのに気づき、時計を見て愕然《がくぜん》としたのだ。

（こいつは、どうも、おれも耄碌《もうろく》したのではないか……？）

と、むしろ不安になったほど、そのときの二時間の時のながれが、いまもって、私にはわからない。私は十分か十五分、川面をながめていたにすぎないとおもっていたのだが、たしかに二時間がすぎていたのだ。

仕事のことも家族のことも何も彼《か》も忘れて、フラフラと歩む散歩の時間は、このようなふしぎさをたたえているものなのである。

そして、こうした散歩の後では、気分もほがらかになり、体調もよくなるものなのだ。

このごろは、浅草へ出る前に、柳橋へ立ち寄ることがある。柳橋の上に立ち、両国橋をながめたり、西方から神田川が大川へそそぐ景観をたのしむ。

そそぐといっても、いまは濁った水がどんよりしているだけにすぎないのだが、江戸から明治・大正という時代を経て今日にいたるまで、このあたりの地形と、わずかに名残りをとどめている瀟洒《しょうしゃ》な風俗が貴重におもえるからだ。

柳橋の花街も、いまは、むかしほどではないと聞く。

つい、二、三年ほど前までは、大川に面した座敷にいると、暗い川面の向うから船《ふな》行燈《あんどん》をつけた小舟が近寄って来て、新内《しんない》や声色《こわいろ》を聞かせたものであった。

新内の三味線《しゃみせん》が川面に聞こえ、船行燈が夜の闇の中をすべって来るのをながめていると、それが、まぼろしのように感じられたものだ。

ということは、すでに、遊びの中にもこうした余裕が失われつつあったのである。

果して、間もなく、大川辺りには〔護岸〕と称し、コンクリイトの堤が築かれ、川辺りの人びととの交流を絶ち切ってしまった。

護岸といっても、これは大川の悪臭が非難されたからに他ならない。

悪臭の源は放置したままで、今度は、大川辺りの上へ高速道路を架けてしまった。

当時は、いわゆる高度成長に狂奔《きょうほん》しかけていたときで、都市の機能と人びとの生活にあらわれる歪《ひずみ》を、政治家や役人が、みな〔泥縄式〕に処理してしまったのである。

だが、柳橋界隈《かいわい》の川面には、まだ、舟が浮んでいる。

ときには鷗《かもめ》の群れが羽をやすめていることもある。

川辺りの天ぷら屋へ上って、仕度ができるまで、神田川に面した小座敷で酒をのみながら待っていると、何やら船宿の二階にでもいるような気持になってくるのだ。

柳橋から歩いて浅草へ向う道は、車輛が渦《うず》を巻くように飛び走っているが、浅草へ近づくにつれ、その数が減ってゆく。吉原《よしわら》の廓《くるわ》が消え、六区の映画・演劇が滅亡しかけている、いまの浅草は、たしかに以前とくらべて、

「さびれた……」

と、いえよう。

つまり、浅草の夜が、さびれたのである。

だが、このあたりの人びとは、何度も災害を受けながら、土地からはなれない。昭和の大戦の空襲で焼野原になったのに、例年のごとく草市が立ち、四万六千日の行事がおこなわれた。

当時、私は山陰の海軍航空基地にいたが、このことを母の手紙で知ったときの心強さは一口にはいいがたい。それはやはり、浅草が故郷だったからであろう。

いまの浅草は、六区の盛り場に、ほとんど車輌を通さない。

したがって、のんびりと歩むことができる。

雷門《かみなりもん》の近くの細道に、小さな鮨屋を見つけ出して、大酒のみの女の職人がにぎる鮨を食べたり、この店のうまい酒をたっぷりとのむのもこうしたときだ。

夜半から仕事をもつ私は、ちかごろ、あかるいうちに酒をのむことにしている。昼《ひる》日中《ひなか》に赤い顔をして歩いていられるのも、浅草なればこそだ。

それから仲見世《なかみせ》をぬけて、観音さまへ詣《まい》るわけだが、途中、江戸玩具の〔助六〕へ立ち寄ることもある。

この店の細工物《さいくもの》は、いまの東京が誇る数少い逸品である。いまだに、江戸の雰囲気をつたえる細工物が息づいている。そうした職人が、まだいるのだ。

また、大川辺りの駒形堂の前で、しばらく佇《たたず》んでいることもある。

〔江戸名所図会《ずえ》〕に見られる、このあたりから雷門にかけての景観は、いかにすばらしいものだったろうか。

それを微《かす》かに偲ぶことができるのは、駒形堂が、むかしのままの場所に再建されているからなのである。

散歩中の、私の感慨《かんがい》は、老人が、むかしをなつかしがって繰言《くりごと》をいっているのではない。

江戸時代を背景にした小説を書いて暮しているから、知らず知らず、そうした想いにとらわれるのであろう。

それにまた、近年は、何故か、私の小説にも若い読者が増えた。

そういう若者たちが、私の小説の中の江戸の風物を知って、

「江戸時代の東京って、こんなに、すばらしかったのですか……」

驚嘆するのである。

いうまでもなく、私は、江戸を見たわけではない。

ただ、幼少のころから自分の目で見てきた、戦火に焼ける前までの東京の姿と風俗

をたよりに、江戸時代の資料をふくらませているにすぎない。

それでも、若者たちは瞠目《どうもく》してしまう。

「戦前の東京には、蟬《せみ》が鳴いていた」

というと、信じられぬ顔つきになる。

「大通りを、馬や牛が荷車をひいて行き交っていた」

というと、

「まさか……？」

あきれたような顔つきになる。

「道を歩きながら、本を読んでいた」

というと、ふしぎそうな顔をする。

だからもう、明治時代はいうにおよばず、昭和二十年以前の東京も、まさしく、

「時代小説の世界……」

に、なってしまったのだ。

しかし、浅草のみならず「何も彼も忘れて、フラフラと三時間ほど歩いてみよう」という場所は、まだ探せば、東京にいくらも残っている。

そうした、自分が気に入った場所を一つでも二つでも探し出すことが、つまり〔散

歩〕なのである。
「歩かぬと健康によくないから」
などという散歩は、私にとって散歩ではない。
いま、こころみに手もとの辞書をひいて見ると、
〔散歩――ぶらぶら歩きまわること。そぞろ歩き〕
とある。
これで、散歩と運動とは別のものであることを、私は再認識したわけだ。

大川の水

私は、大川（隅田川）を目の前にした浅草・聖天町に生まれた。

大川の点景として、

「欠くべからざる……」

待乳《まつち》山聖天宮《やましょうでんぐう》の下に、小さく横たわった町である。

大正末期に生まれた私は、間もなく、関東大震災に遭遇したので、一時は埼玉県浦和市に逃げ、のちに東京へもどり、下谷の根岸から浅草・永住町へ定住することになったわけだが、母が私を生んだころの大川の水は清らかで、

「よく、沙魚《はぜ》を釣りに行ったものだ」

と、母はいう。

沙魚のみではない。おそらく鰻も、小さな鰈《かれい》も釣れたにちがいない。

こうした大川に棲《す》んでいた魚の種類を考えてみても、江戸湾（東京湾）へながれこ

む大川の水と、江戸湾の海水とがまじり合い、その水に生きていた魚の微妙な味わいと、その釣り場を、

「江戸前」

と、いったものであろう。

私が、自分の生地を、わが目に見たのは、七歳の夏に永住町の祖父母のもとへ引き取られてのちのことだが、すでに、そのとき、大川には駒形・蔵前《くらまえ》・言問《こととい》・厩《うまや》の四橋が架けわたされてい、母などが、三囲《みめぐり》神社への参詣や、長命寺の桜餅《さくらもち》などを買うため、大川をわたった竹屋の渡し舟も消えていた。

震災以前には、母の生地・浅草花川戸から、本所の枕橋畔にあった江戸以来の料亭〔八百松《やおまつ》〕の近くまで大川をわたる山の宿の渡しや、橋場の渡しもあった。

あれは、私が旧制小学校の四年か五年のころであったろう。かの広重描くところの〔待乳山雪景〕の図を本の口絵か何かで見て、その美しさに瞠目し、

(待乳山が、こんなにきれいなのか……?)

と、ある雪の日に、わざわざ見に出かけたことがある。

そして、絵のままに……とは、いい難かったにせよ、ふりしきる雪の夕暮れの待乳山や山谷堀の景観を、あらためて認識したものだ。

当時の東京は、よく、雪が降った。

待乳山聖天が祀《まつ》られている山は、徳川家康の江戸開府のころ、かなり大きな山であったのを、日本堤を築くために削り取ってしまったともいう。

その日本堤だが……。

元和五年（一六一九）に荒川の洪水により、下谷も浅草もひどい水害を受けた。徳川家康が大坂城の豊臣秀頼を討滅し、徳川幕府を万全のものとしてから四年目のことで、将軍は二代・秀忠であった。

こうした水害を防ぐため、幕府は浅草聖天町から三の輪の近くまで、いわゆる〔土手八丁〕の長堤を築いたわけだが、それより五、六十年のちまで、このあたりのさびしさというものは物凄《ものすご》いばかりで、

「堤の、夜の闇の中を歩いていると、どこからともなく、なま臭い血のにおいがただよってきて、肌《はだえ》に粟《あわ》を生じた」

などと、むかしの本に書いてある。

強盗や辻斬りが跋扈《ばっこ》していたのであろう。

ところが、明暦三年（一六五七）に、幕府公認であった遊里が日本橋・葺屋《ふきや》町から、日本堤の南側の浅草・千束《せんぞく》村へ移されてからは〔新吉原〕の大不夜城が出現し、日本

堤も浅草も、がらりと変った……のであろうとおもう。

広重の絵を見ても、吉原土手を境に、右は江戸随一の遊里の紅灯《こうとう》が絢爛《けんらん》と華やぎ、それに引きくらべて、土手の左は一面の田地と木立が大川までひろがっている。

夜の幕が下りようとする一瞬をとらえた、その対照のあざやかさは、そのまま、江戸時代の灯火の美しさと夜の闇の恐ろしさに通ずるのだ。

日本堤の北東の方、すなわち、浅草の橋場の町なみが切れたあたりから、ゆるやかに屈曲しながら千住大橋へつらなる大川の両岸は、江戸の地図をひろげて見ても、いちめんの田地である。

その中に、

「此土手ヲ塩入《しおいり》土手ト云フ」

の記入を見出すことができる。

現在の荒川区南千住八丁目のあたりになるが、むかしは浅草の外《はず》れといってよい。やはり、水害をふせぐ土手が築かれていたのであろう。いま、このあたりを歩いて見ると、N石油などの工場が立ちならび、わずかに大川沿いの一画に民家があって、景観は全く別のものとなってしまっているが、なんとなく、湿地帯の、物淋しげな往時をしのばせる雰囲気が地形にも感じられる。

私は〔梅雨の湯豆腐〕という小説で、このあたりを舞台につかった。

主人公は、表向きに〔ふさ楊子《ようじ》〕などを削り、浅草観音の参道に店をかまえる卯の木屋という楊子屋へ品物をおさめている独身《ひとりみ》の中年男だが、裏へまわると、大金で人殺しを請負う。

私の小説には、

彦次郎の住居は、浅草も外れの塩入土手に沿った畑の中にあった。近くに総泉寺という寺があり、この寺の所有する畑で、以前には百姓を雇って作らせていたのだが、いまは寺の坊主が百姓仕事をしている。そこで空屋になった小さな百姓家を借り、彦次郎は住んでいるのだ。

と、ある。

彦次郎のような男が、ひっそりと住むにふさわしい場所といえよう。

この短篇を書いたのが切掛《きっかけ》となり、私は鍼医《はりい》・藤枝梅安を主人公にした仕掛人シリーズを書くことになった。

その〔仕掛人〕という言葉をおもいついたのも、私が嘉永三年（一八五〇）に麹《こうじ》町の近吾堂が発行した木版の江戸切絵図をポケットに入れ、むかしの塩入土手のあたりから、白鬚《しらひげ》橋の西詰を浅草・橋場へ出て来たときのことで、梅安や彦次郎を単に〔殺し屋〕と、きめつけてしまいかけたが、もっと別の名称を考えてみようと、

（さて、何としようか？）

そうおもったとたんに〔仕掛人〕という三文字が脳裡をかすめたのであった。たとえ景観は変っていても、現地を歩んでいる興奮とイマジネーションが、この言葉を生んだといってよい。

町の姿

たとえば、現在の国電・浅草橋駅から、蔵前通りを北へ歩んで見よう。

間もなく、右手に、蔵前の国技館がのぞまれる。

国技館を中心にして、約六百メートルほどの、大川（隅田川）に沿った敷地が、いわゆる〔浅草御蔵《おくら》〕とよばれた江戸幕府の米蔵であった。ゆえに、この前通りを蔵前通りという。

蔵前通りは北へのび、駒形町で二つに別れ、一つは、金竜山・浅草《せんそう》寺の東側を二筋に別れ、大川に沿って花川戸から待乳山聖天宮へ達する。

一つは、並木町・茶屋町を経て、浅草寺の雷門前へ出る。

江戸切絵図に描かれた、この道すじは、いまもなお、はっきりと残されていて、折にふれては、この道を通り、浅草観音へ参詣する私なのだ。

何故、この道が、

「好きなのか？」
と、問われれば、むかしの地形が、そのままに存在しているから、とこたえよう。同じ意味で、上野山下から前面に上野台地公園、左手に不忍池《しのばずのいけ》をのぞむ地形もまた、江戸のかたちをとどめている。

さて、蔵前通りを駒形一丁目へさしかかると、左手に、むかしからある有名な〔どぜう屋〕の店構えが見えてくる。

この店を知らぬ人も、この店の泥鰌を食べたことのない人も、その店構えに気づかぬはずはない。

ビルディングや洋風まがいの建物がびっしりと立ちならぶ通りに、ただ一軒、総格子に白い暖簾《のれん》。軒行燈《のきあんどん》に〔どぜう汁〕と書いて出した瓦屋根の江戸建築である。目立たぬはずがない。

〔駒形どぜう〕を大通りをへだてて眺めながら、視線を右へ転ずると、彼方に雷門の大提灯《おおぢょうちん》が見え、さらに右方をのぞむと、駒形堂が目にとまる。

このあたりの町なみは、いわゆる浅草寺の〔門前町〕といってよい。

〔江戸名所図会〕に描かれた駒形堂・清水稲荷《しみずいなり》の絵は、私の好きなものの一つだ。

その絵の中の町家が、いま、芝居の舞台を見るかのように、車輛の響音の中に現出している。それが、駒形どぜうの店なのだ。

　そうした町家・商家が軒をつらね、雷門までつづき、石垣の上の駒形堂のまわりは大川へつらなる広場になってい、江戸時代には、むろん、駒形橋はなかった。

　名所図会には、

「駒形堂は駒形町の河岸にあり。往古《むかし》は此所に、浅草寺の総門ありしといふ。そのころは左右並木にして、桜花《さくら》数株を栽《うえ》まじへ、春時《はる》は、ことさら、ながめも深かりしにや」

と、ある。

　駒形堂の本尊は〔馬頭観音《ばとうかんのん》〕である。

　いずれにせよ、このあたりに立って四辺を見わたすとき、〔駒形どぜう〕の建物が一つのイマジネーションを生むことになる。

江戸のころより、さらにさかのぼって、江戸湾の海が、このあたりまで打ちひろがり、その海の彼方に、安房《あわ》・上総《かずさ》の山々がのぞまれたというむかしのことになると、私の幻想も、あまりふくらんではこない。

　喧噪《けんそう》きわまる現代風景の中に、いまの東京は、それでも、

「ぽつん、ぽつん……」

と、江戸をしのばせる風物の断片《かけら》を残してい、見る人の目にとまるのを待っている。

私は、柳橋の上に立ち、東に大川と両国橋、西に神田川をながめまわすときの気分も好きだ。

神田川は、幕府が江戸市中の舟行の便をはかって、仙台藩主・伊達綱宗に命じて掘《くっ》鑿《さく》させたのが始まりである。

大川も、このあたりまで下ってくると、江戸のころは〔浅草川〕とよばれていたようだ。

神田川には、まだ、舟が浮んでいる。

東京に残された大事な川だ。

大川と神田川以外の、

「川らしい川……」

は、ほとんど埋めつくされてしまったといってよい。

柳橋の料亭の、大川に向った座敷にいると、暗い川面を、船行燈をつけた小舟がすべって来て、新内を語ったり、声色をつかったりした。

そうした風景が、つい、十五、六年前までは見られたのである。

こうした土地柄か、神田川沿いの岸辺には、瓦屋根の、しゃれた佃煮屋があったり、船宿の名残りが見られたりする。

そして、ときによると、料亭〔亀清楼《かめせいろう》〕の、神田川と大川が一つに溶け合うあたりの外側の石に、鷗が群れていることもあるのだ。

いつであったか……。

このあたりの岸辺にある〔天ぷら屋〕へあがると、しばらく、川に面した小部屋で待たされ、仕度ができるまで、ひとり酒をのんでいて、むかしの船宿にでも入っているような気分になったことがある。

むかしの江戸は、堀川が縦横にながれてい、大川へ江戸湾へむすびついていた。

舟便は、江戸人にとって、「なくてはならぬ……」交通機関だったのである。

船宿も数え切れぬほどあって、舟の世話をするばかりか、小ぎれいな座敷で酒食をすることもでき、男女が密会するためにも欠かせぬ場所であった。

私の〔剣客商売〕で、若い剣客の父親が、これも大川にのぞむ鐘《かね》ケ淵《ふち》のあたりの隠宅に棲んでいて、若い女房と二人で暮している。

そして、小舟を一つ、もっており、折にふれて、隠宅へ大川の水を引きこんだ舟着場から、舟で外出をすることになっている。

そうしたとき、六十をこえた老剣客が、孫のような女房おはるに小舟を漕《こ》がせるのだ。

「いいなあ。実にどうも、たまらないなあ……」

と、私の小説を愛読してくれている或る老人がいったそうである。

そのうちに老人、小説の中の老剣客がうらやましくてたまらなくなり、どこかのキャバレーの若いホステスをわがものとし、これを〔おはる〕と名づけ、小舟ならぬ自家用車を運転させ、悦に入っていたところ、正夫人の発見するところとなり、さんざんに、あぶらを搾《しぼ》られたとか……。

「池波さんの小説には、ひどい目にあった……」

私の知人に、つくづくと老人がこぼしぬき、

「馴れないことをするものじゃあないね」

と、いったそうな。

日本橋・銀座・丸の内

現代の銀座から日本橋へつづく大通りは、徳川家康の江戸開府以来の、メーン・ストリートであった。

かつては、江戸四宿《ししゅく》の一で、江戸から中仙道《なかせんどう》へ向う第一宿であった新宿が、近年は見ちがえるばかりに発展、膨張し、

「いまに、東京の中心は青山や渋谷から新宿へ移るのではないか……」

などと、いわれたものだが、そうなるとしても、まだ、かなりの歳月を必要とするであろう。

それというのも、江戸城が皇居となり、首都の中核となっているからであって、銀座・日本橋が、

「都下第一級の繁華街」

として名実ともに、いまも栄えているのは、このためなのだ。

私は、旧制小学校を卒業するや、すぐに、兜《かぶと》町の株式仲買店ではたらくようになった。

十三歳のときから、およそ兵隊にとられるまで、私は兜町《しま》で暮し、株式取引所の北面、楓《かえで》川にかかる兜橋のたもとにあった店につとめていた。

夕暮れに、店を出ると、兜橋をわたり、江戸橋の西詰を日本橋へ出て、橋を越え、三越の手前にあった〔花むら〕という店で、先ず夕飯を食べるのが一日の終りであり、一日の始まりでもあった。仲よしの友だちと、ここで酒食をしながら、夜の計画を練るのである。

〔花むら〕は、むかし、日本橋に魚河岸があったころの名残りをとどめているかのような……何といったらよいのか、いわば上等の〔めしや〕とでもいったらよいのであろう。

むろん、気取った料亭ではないが、どこにでもある小料理屋というのでもない。

さりとて一言のもとに〔めしや〕と片づけてしまうわけにもまいらぬという……しゃれた構えの入口を入ると、鉤《かぎ》の手の土間にかこまれた入れこみの大座敷ながら、いちめんに籐畳《とうだたみ》が敷きつめてあり、いかにも清げな、どこの町にもない、日本橋でなくてはないといってもよいような、一種、独得の店であった。

そこには、たしかに〔江戸〕が残っていたのである。

広重の絵や〔江戸名所図会〕に描いてある、こうした食べもの屋にそっくりな雰囲気をそなえていたからだ。

吸物、茶わんむし、野菜の煮物など、なんでもうまかったが、私は〔花むら〕の鯛の刺身が好きであった。

酒をのんでから飯になると、鯛の刺身を、ワサビをいれぬ生醤油《きじょうゆ》へつけて、熱い飯で食べる。このとき、吸物も味噌汁もとらない。すこし濃くいれてもらった茶へ、ほんの一《ひと》つまみ、塩を落し、これを吸物がわりにして食べると、十七、八の食べざかりだものだから、刺身を三人前に、飯を四杯も食べたこともあった。

そのころの、日本橋の灯火の美しかったことを、いまも忘れぬ。町すじがととのい、夜の闇が、いまよりも濃く、空が大きくひろがっていたからであろう。

私の鬼平犯科帳の中の〔鯉肝《こいぎも》のお里〕の書き出しに、

……筆者の店は、兜橋をわたった右側にあり、背後に楓川がながれていた。若いころ、僚友・井上留吉と兜橋のらんかんの上で取っ組み合いの喧嘩をし、双方ともに楓川へ落ちこみ、泥くさい川水をたっぷりのまされたことがおもい出される。

その楓川が西南へのびるところ、京橋の下をながれる京橋川と合する。

そこに〔三ツ橋〕とよばれる、三つの橋があった。

一は楓川へかかる弾正橋。一は京橋川へかかる牛の草橋（のちの白魚橋）と、三十間堀にかかる真福寺橋の三橋をさす。そのいわれは、十文字に交差する三つの堀川へ、現在の歩道橋のように接近して懸けられていたからであろう。

さて……。

現代より約二百年前の、その夜ふけ。

人の気配も絶えた道を、真福寺橋の東詰から橋をわたり、すぐに左へ曲がって牛の草橋へかかった女がひとり。

見たところは、いかにも堅気の女房ふうだが、髪も顔も〔鴨頭巾《かもずきん》〕にすっぽりとつつまれている。

月も星もない暗夜であった。

凩《こがらし》が空に鳴っていた。

とあるが、私の若いころには、この三つの橋も、三つの堀川も、ちゃんと在《あ》ったのである。もっとも牛の草橋は〔新京橋〕と名が変っていたけれど……。

このように戦前までは、銀座の東面から築地、日本橋にかけて、江戸時代の堀川と橋が歴然と残されていたのである。

川があれば、舟も通る。

事実、釣りに行かなくとも私たちは、船宿の小舟で諸方へ出かけたものなのである。

「ましてや江戸のころ、舟と駕籠《かご》は、現代のタクシーであったのだ。芝居を観た帰り途《みち》の、月夜の晩に、そうした堀川に懸かっている橋をいくつもいくつも渡って、長い時間をかけて歩きまわっているときの気分ときたら、実に、たまったものではなかった……」

と、私の旧友が、大学生の息子にはなしているのを、苦笑しつつ、傍で聞いていたことがある。

その息子は、狐につままれたような顔をして、

「橋をわたって気分がいいなんて、どう考えてもわからないな。ほんとうにわからない、ぼくには……」

と、おとなしい、よい息子が真面目《まじめ》顔で、くびをひねっていたものである。

当然であろう。

何しろ、東京の中心である日本橋の上へ高速道路で蓋をしてしまう世の中なのだ。

高速道路を造るのに反対なのではない。いかになんでも、これはひどすぎる。この口《く》惜《や》しさは、いくら書いても書き足りないのだ。

東京オリンピックを境いに、このような悪業が当然のものとなってしまった。

オリンピックは成功したが、東京は、反吐《へど》をかぶることになったのである。

〔東京〕の都市名は、むかしの〔江戸〕あればこそのものだ。

それを忘れてしまうのなら、いっそ、東京とよぶのもやめにしたらよい。

天正年間に、徳川家康が江戸へ入国したとき、城下町を形成すべき平地が、じゅうぶんになかった。

江戸湾の海は、江戸城近くまで入り込んでいたのである。

そこで家康は、先ず堀川をつくり、その土で埋立地をひろげた。

いまの、皇居の和田倉門のあたりは、和田村といい、このあたりにも家康が新しい城下町をつくるための材木屋をあつめ、倉地をあたえたので〔和田倉〕の名が生まれたのだ。

だが、江戸が天下の大都市となったのは、家康が征夷大将軍に任じてからである。

関ケ原の大戦に西軍を破り、豊臣勢力の大半を打倒した徳川家康は、三年後の慶長八年（一六〇三）に徳川幕府をひらき、天下の政権を我物とした。

諸大名に命じて、現在の銀座一帯の地を埋め立てさせ、町づくりをさせたのも同じころであったろう。

当時の銀座一帯の店や家は、いずれも板葺《いたぶき》屋根の町家であった。

それに引きかえ、山ノ手の大名・武家屋敷の建築は実にすばらしい。

〔慶長見聞録〕という本には、「小さな山がならんでいるようだ」と、書いてある。

「……棟、破風光り輝くその内に、龍は雲に乗じて海水を捲き上げ、孔雀鳳凰の翼を並べて舞い下る（中略）軒の廻り、門の傍りに虎が毛をふるい、獅子がはがしらする風情……」

などと、その豪華な建築美を表現している。

こうして、銀座は東京一の高級繁華街となるわけだが、先にのべたように、明治以降の山ノ手の上流社会の〔盛り場〕ともなったのである。

したがって、西洋の息吹《いぶ》きは、もっとも敏感に、そしてスピーディに銀座へ伝わって来た。

下町の匂いとは、まったくちがう街の匂いがしていた。

私は年少のころから世の中に出て、はたらいていた。はたらいている場所が銀座とは目と鼻の先だったので、三日にあげず、銀座へ出たものである。〔資生堂〕や〔モナミ〕、〔エスキモー〕などというレストランの洋食の味は、下町にないものであった。〔コロンバン〕のコーヒーや菓子の味もそうであった。

そうした西洋建築の材料や塗料が、かもし出す匂いや、街を行く女の香料や、レストランの匂いが一つになって、街にただよっていたのである。

そうした匂いは、いま、どこに残っているであろうか……。

東京駅前の旧丸ビルの中に、微かだが残っている。

戦前の東京の匂いが、まだ、丸ビルの中には在る。

それは、この旧式のビルディングが、むかしのままの形をくずさずに残っているからだ。丸ビルの竣工《しゅんこう》は大正十二年二月で、関東大震災の後に改修工事がおこなわれている。

大理石の壁と階段。リノリウムの床の匂いさえもただよって来るかのようだ。

丸の内中通りの、赤いレンガ造りの西洋建築が巨大な近代ビルディングに生まれ替った現在、旧丸ビルだけが辛うじて、大正・昭和の西洋文明の風趣をつたえている。

私は、いまも折にふれて、丸ビルをおとずれる。

そして……。

株屋の小店員となったばかりの自分が、丸の内の会社を自転車でまわり、株券の書替《かきかえ》の手つづきをしていた姿を想い起すのだ。五分刈りの頭に詰襟《つめえり》のサージの服。株券を入れた鞄。そして、ニキビだらけの私の顔が、丸ビルの中の店々のウインドーのガラスに映っている。月に二度か三度、丸ビル内の〔C亭〕で食べる一円の鰻定食を、小僧の私はたのしみにしていたものだ。

その〔C亭〕は、いまも丸ビルの中に在る。

旅

七、八年前までは、月に一度、行先も決めずに一週間ほどの旅に出たものだが、近年は、以前のように躰も利かなくなり、むりに仕事を重ねて疲労した上で、旅へ出てもつまらないとおもうようになった。

旅へ出ては一枚も書けぬ私なのである。別に我家の居心地がよいというのではない。時代小説を書いている者は例外があるにしても、やはり、書庫の傍で仕事をしていないと落ちつかぬためか、旅先での仕事をあまりしないようである。

私の時代小説などは、くわしく歴史を調べるわけでもないのだが、それでも書庫をはなれると不安だ。それならば必要な資料を持って行けばよいのだろうが、重い書物を、たとえトランク一つに入れただけでも、それを持って旅へ出るくらいなら、行かぬほうがましだと考えてしまう。

むかしは、羽田の空港へ行き、見送りの家人に、たとえば、

「お前が、いいとおもうところのキップを買って来い」

と、いいつけ、東京以外の地理にはまったく無知な家人が、行きあたりばったりに買って来たキップで旅立ったりしたものだ。

「岡山行のヒコーキが空《す》いてましたよ」

と、買って来たキップを持ち、岡山空港へ下りる。下りてから行先を考え、赤穂《あこう》へ行き、城下町をぶらつき、御崎《みさき》の小さな宿屋へ泊り、翌日は、小舟を雇って播磨灘《はりまなだ》を室津《むろつ》へ入るというような旅を何度もした。

室津は往古から栄えた港町だ。お夏清十郎の伝説で知られている。むかしは五泊《ごとまり》の随一と称されたほどの繁栄をしめした港で、中国・四国・九州の大名たちは、江戸や京阪への往復に、かならず室津へ船を寄せたという。

そのころの繁栄ぶりをしめす古びた土蔵や家並が廃墟のようにしずまり返ってい、私が行ったころ、町には一軒の食堂も、そば屋もなかったものだ。

晴れわたった初冬の播磨灘を、老船頭と二人で、冷酒《ひやざけ》をのみながら、のんびりと船をすすめて行く気分は何ともいえないものであった。

こうした旅をするためには、当然、観光シーズンを避けねばならない。だから、私の旅は、いつも、初冬か早春。または夏の終りごろということになってしまう。

今年の初夏は、帝国劇場へ長い芝居を書き、稽古も長く、小説の仕事と並行して、

（うまく、乗り切れるだろうか……？）

と、はなはだ、こころもとなくおもっていたが、どうにか目鼻がつき、そこに、ひょいと二日の暇が浮いた。

（このとき……）

とばかり、梅雨の最中の或る日、私は、ぶらりと新幹線へ乗った。

今度は、はじめから行先は京都と決めておいた。

なぜなら、まだ一度も泊ったことがなく、かねてから、ぜひ泊ってみたいとおもっていた旅館・〔俵屋《たわらや》〕へ予約をしておいたからだ。

俵屋は創業三百年の歴史をもっている。

当主は十一代目だが、五代目の俵屋主人・岡崎和助は彦根藩とも深い関係があったとかで明治維新前夜の動乱期には、彦根藩主であり、幕府大老に任じていた井伊《いい》直弼《なおすけ》の懐《ふとこ》ろ刀《がたな》といわれた長野主膳が、この〔俵屋〕へ滞留し、大老のために暗躍していたという。

その長野主膳が、竹の駒寄せのある〔俵屋〕の表構えに立っているような気がする。

ほの暗い玄関の土間へ、すいとあらわれて来るようにおもえる。

奥まった新館は別として、〔俵屋〕の旧館の上方建築は、島原遊廓《ゆうかく》にいまも残る〔角屋《すみや》〕の結構を私におもい起させた。

それほどに、みごとなものだ。

私は、新館へ入った。

和洋折衷《せっちゅう》の三間つづきの部屋で、湯殿の浴槽は槇《まき》で造ってあるそうな。

この旅館の評判は、あまりにも高い。

私が、あらためて書くまでもあるまい。

夕食は、一品ずつ、熱いものは熱いように、冷たいものは冷たいようにと、こころを配って運ばれて来る。

いまどき、このような手間をかけて客をもてなす旅館は、めったにあるまい。しかし、京都には、この〔俵屋〕ばかりでなく、そうした心構えで、あまり儲《もう》からぬ営業を懸命につづけている旅館や店舗がいささかは残っている。

夕食はうまかった。このようなこころづかいをして出す料理が、

「まずいはずはない」

のである。

雨が、ひとしきり烈《はげ》しく降ったのち、熄《や》みかけたので、私は同行の人たちと宿を出

て、河原町を散歩し、これも京都の古い酒場〔サンボア〕へ寄って、バーボンのウイスキーをのんだ。

俵屋へ帰ると、寝床がとってある。

さあ、そこで、私は安心するのだ。

私は小さいときから妙に癇症《かんしょう》で、銭湯へ行っても、子供のくせに何杯も上り湯を躰にかけなくてはおさまらぬようなところがあり、それは軍隊生活をしたので大分に直ったけれども、やはり寝具などは清潔でないと困るのだ。

いまどき、大きな旅館、高級旅館などといわれる宿屋へ泊っても、敷布は洗いたてのを用いるが、掛蒲団のカバーはめったに替えない。先客が使用したものを、そのまま出すところが多い。

料理の一品二品を減らしても、私は掛蒲団のカバーを替えてもらいたいともおもう。

実に、気味がわるい。

そういうことで、このごろの私は、なるべく日本風の旅館を避け、ホテル泊りにすることが多いのだ。

〔俵屋〕では、むろん、そうしたことがないとおもい、はじめから安心をしていたのだが、果して期待は裏切られなかった。

清潔な寝具に身を横たえ、ぐっすりねむれるかとおもうとそうではない。これは、どこへ泊ってもそうなのだ。旅行の第一日は、ねむる時間が狂ってしまう。いつもは仕事に熱中している最中《さなか》に、ねむらなければならないのだから、いくら疲れていても、躰が、

「ねむらせてくれない……」

のである。

二日目からは、ねむれるようになる。

いつものことなので、ぼんやりと暗い天井を見あげていて、明け方に、ようやくねむった。清潔をきわめた寝具に寝ているので、ねむれなくとも、気分はゆったりとしている。

こころみに、

〔旅行〕

という言葉を、手もとの辞書でひいて見ると、

「徒歩または交通機関を用いて、他の地方へ行くこと」

と、ある。

他の地方へ行くということは、毎日の自分の生活がいとなまれている場所から離れることだ。

したがって、そこには、たとえ二日の旅であっても初対面の人びととの接触が生まれることになる。

それこそ、旅の醍醐味であろう。

相手は、こちらの職業も知らず、名も知らぬ。

相手が駅員なり、商店主なり、宿の女中さんなりとわかっていても、その相手はこちらをまったく知らぬ。

そうしたとき、相手が自分に対して、どのような反応をしめすかということで、私どもは自分自身を知ることになるのだ。

自分の顔は、毎朝、洗面のときの鏡で見ることはあっても、自分が、どのような人間であるかということは、実に、わかりにくいものである。

それが、旅へ出ると、すこしはわかってくる。

たとえば……。

他国の町で道を尋《き》く自分へ、こたえてくれる相手の態度や言葉づかい、口調などによって、自分という人間が相手に、どのような印象をあたえているかが、すこしはわかる。

とにかく、相手は、こちらをまったく知らない、友人でもなければ、商売上の知人でもないのである。

それだけに相手は、嘘いつわりのない態度をしめしてくれる。

そうした意味で、ぜひ、外国へも行ってみたいのだが、まだ、機会を得ない。

い、むりをして行くなら、行けぬこともないのだが、長い旅行の前後の仕事のことを考えると、もう面倒になってしまう。

五十歳を越えると、

「あれも、これも……」

と、やりたいことと、したいことの大半をあきらめねばならぬ。

そのうちの一つか二つをえらんで、自分の生活と仕事の中へ溶けこませるだけで、精いっぱいになってしまう。

昭和二十年に、あの戦争が終ってから三十年もの歳月がすぎ去ってしまった。

この三十年の早さというものは、その前の十年よりも早かった。

そして私は、これからの三十年を生き通すことがむずかしい年齢になっているのだから、

「もう、先は短い」

のである。

だから、もう、すべてに欲張らぬことにしている。


〔俵屋〕の一室で目ざめると、雨が降っていた。

もし、雨が熄んでいたら、久しぶりで六甲山をドライブして神戸へ下ろうとおもっていた。

そして〔ハナワ・グリル〕か〔ハイウェイ〕で、おそい昼飯を食べ、買物でもして、新幹線で帰京するつもりだったが、このように降ってはその気も挫《くじ》けてしまった。

それならそれで、また、いくらでも時間をつぶす手はある。京都ならば雨の中で見たい風景に困ることはない。

すると、たのんでおいた個人タクシーの運転手・安井さんが、

「いかがです、雲《くも》ケ畑《はた》の志《し》明院《みょういん》へ行って見ませんか？」

と、いった。

私は、すぐに、そうしてもらうことにきめた。

これまでに、おそらく百回以上も京都へ来ている私だが、雲ケ畑へは、まだ一度も

行っていない。

雲ケ畑は、賀茂《かも》川に沿って北へさかのぼること三里。賀茂川の上流である雲ケ畑川の渓谷《けいこく》にのぞむ幽邃《ゆうすい》の村落だ。

むかし、この村の奥の岩屋山に薬王菩薩《やくおうぼさつ》があらわれ、衆生《しゅじょう》の病苦を救わんとして、山に薬草を植えたところ、花は四季それぞれに咲き、その香りは四方にただよい、山上は、あたかも紫雲たな引くように見えたから、これに因《ちな》んで、このあたりを「雲ケ畑」とよんだ……と〔山州名跡志《さんしゅうめいせきし》〕にのべてある。

雲ケ畑は、古いむかしから林業がさかんであって、平安京造営の折には、この地の林木が切り出されたそうな。そうしたこともあって雲ケ畑は、明治維新までは皇室の御領地だったのである。

雨がけむる山道を深く入って行くにつれて、山林が迫って来る。

「このあたりは、石楠花《しゃくなげ》がすばらしいんです」

と、慎重な運転をつづけながら、安井さんがいう。

この、安井さんという人は、個人タクシーの運転手として有名な人だ。京都内外の地理と歴史に通じていて、さまざまな客が安井さんの世話になる。

私は、はじめてであったが、二人の同行者は安井さんと顔なじみだ。

ところで、雲ケ畑の奥に岩屋山といって、海抜六百四十九メートルの岩山がある。その山裾《やますそ》というより、むしろ中腹の、鬱蒼《うっそう》たる杉や檜《ひのき》の山林の中に、金光峯寺《こんごうぶじ》・志明院がある。

不動明王を祀ってあるので、岩屋不動ともよばれている。

平安朝のころ、密教徒の修験者《しゅげんじゃ》たちが創立したものらしい。

本堂を拝し、飛竜の滝を見てから、本坊の奥の間で休ませてもらった。

山肌の木立や茂みが、そのまま庭になってい、大きな池には鯉が泳いでいた。

雨に洗われた樹々や草のあざやかさは、また、格別のものだ。

安井さんは、

「こんなところで、お仕事をされたら、はかどりましょう」

というが、私は、どうも静かなところが却《かえ》っていけない。

根っからの町育ちの所為であろう。

我家の書斎も、扉は開け放しにしてあるし、戸外に遊ぶ子供たちの声も、あまり気にならないほうだ。

雨音も、このように山奥ふかいところで聴くと、町に降る雨音とはまったくちがう。

雨の音というよりも、山の声になって、私どもを押し包んでくるかのようである。

時間が、ゆっくりと過ぎて行くのを、はっきりとたしかめられるのも、こうしたときだ。

私は、ねむくなってきたので、志明院を辞去することにした。

志明院の仔犬にキャンディをやると、たちまちに噛みくだいてしまった。三年前に死んだ我家の犬・クマが幼かったころにそっくりの仔犬だ。

帰途も、われわれが乗った車以外の車には一度も出合わなかった。

このあたりは、まだ観光ブームの垢《あか》がついていないという。

安井さんは、洛北《らくほく》の木野《きの》にある〔松乃鰻寮〕へ、私たちを連れて行った。

この店の本店は、四条の南座のそばにあって、十何年も前に開店したころ、私も数度出かけた。

女主人が懸命にはげんで、よい評判をとっている店だ。

鰻は東京ふうに焼いて、なかなかうまいが、ここで出す生野菜がよい。キュウリやニンジン、セロリなどを糸のように切って鉢に盛り、これを胡麻《ごま》の垂《た》れにつけて食べる。

その〔松乃〕が、宴会用の別館として郊外の木野にひらいたのが、この店なのだ。

まぎれもない本格の、民家ふうの見事な建築である。

鰻は、少量にしておいた。

まだ、後で食べるものがあるかも知れないからだ。

それから私たちは市中へもどり、五条坂の西にある河井寛次郎記念館へ立ち寄った。

京都駅へ着いたのは四時ごろであったろう。

七時ごろのキップを買ってから、また、私たちはタクシーで三条河原町へ引き返した。

木屋町の〔松鮨〕へ寄って、この旅の最後の酒をのむことにしたのだ。

〔松鮨〕のあるじは、このごろ、いよいよ元気になった。

末の娘さんの結婚が決まって、これからは老夫婦が、

「仲良く……」

はたらくのだそうな。

この店の、すばらしい魚介と、あるじの冴え切った腕がにぎる鮨に、

「もう、食べられないとおもったのに、入ってしまいました」

と、同行者がいった。

私たちが乗った〔ひかり〕が京都駅をはなれたとたんに、私は、もう、ねむりこけていた。

目ざめて、

「いま、どこ？」

同行者に尋くと、

「横浜を過ぎたところです」

と、こたえてよこした。

京都から東京まで「ひとねむり」なのである。

これが現代の旅だ。

帰宅し、入浴し、〔松鮨〕のあるじがこしらえてくれた〔ちらし〕を少し食べてから、私は机に向い、書きかけの小説のつづきにとりかかった。

「……江戸から京都までは百二十五里二十丁。鍛えぬかれた秋山大治郎の足ならば、十日はかかるまい」

と、私は書き、書きながら、おもわず苦笑をもらした。

京都・南座界隈

京都の四条通り……その、鴨川から東へ、祇園《ぎおん》の社（八坂神社）の西の楼門へかけての一帯は、むかしむかしから現代に至るまで、京都随一の歓楽地帯であるといってよい。

この祇園社の門前町は、鎌倉の時代《ころ》から繁栄していたのだが、その後の、百年にもわたる戦国時代に、京都はすっかり荒廃してしまい、ついに、祇園界隈も、〔祇園村〕とよばれる一閑村にすぎなくなってしまったのである。

だが、京都町民のエネルギーが、京都再興の象徴といってもよい〔祇園祭〕に結集し、このため、人びとの祇園社参詣も、しだいにさかんとなった。

したがって祇園社の門前町も、旧に倍するにぎわいを取りもどし、長い長い戦乱の世がしずまってのちは、皇都最大の歓楽地帯となった。

江戸時代に入ると、四条の、鴨川の中洲や河原には、いろいろな見世物小屋や物売りの屋台がたちならび、その東岸の四条通り一帯には歌舞伎芝居や人形芝居などの劇場と、これに付随する芝居茶屋や水茶屋、飲食の店々が、びっしりと軒をつらねていた。

このあたりが、京都の芝居町であった。

私たちは、その名残りを、現代の南座に見ることができる。

上方《かみがた》浄瑠璃《じょうるり》の大成者で、のちに義太夫《ぎだゆう》ぶしの始祖となった竹本義太夫の師匠にあたる宇治嘉太夫は、江戸時代の初期に、四条で操り人形芝居を興行して、太夫（浄瑠璃の語り）と座元を兼ねていた人であるが、この人の語りものに〔四条河原涼《すずみ》八景〕というのがある。

そのころの情景が、よく出ているので、その一節を写してみよう。

春すぎて、青葉の梢《こずえ》涼しげに、茂る木の間の花うつぎ、夏のながめもこと国に、似るべくもなき九重《ここのえ》の、京の水ぎは立ちつづく、四条河原のにぎはひは、八雲立つてふ御歌の……（中略）一むらの竹の東雲《しののめ》も、やや明けわたす槙の戸の、音羽の山にこだまして、ひびく芝居の朝太鼓。

とあって、つぎに芝居茶屋の女たちが通行の人びとへ札《ふだ》（入場券）を売りすすめる情景があり、さらに、

「……さてまた涼みの夕景色、木に蛙《かわず》の声たてて、的矢《まとや》の篝火《かがり》うちけむり、かなたこなたに灯《ともしび》の、やや見えそめつつほどもなく、東石垣、西にはまた先斗《ぽんと》につづく石垣町の、軒にいさかう釣行燈。上は三条橋の下、下松原のこなたまで、ながれにつづく水茶屋は……」

と、ある。

こうした約三百年ほど前の情景が、つい二十年前までの京都の四条・鴨川の周辺には、かなり色濃く面影《おもかげ》をとどめていたのだ。

この、京都が誇る情景を損ねるようなものは、京都の人びとが一切うけつけなかったといってよい。

それが、東京オリンピックを境いにして、見る見る京都は変貌しはじめた。

東京の〔毒〕が、京都を侵しはじめたのである。

東京のというより、日本の〔毒〕といったほうがよい。現代の東京は、日本の〔象徴〕なのだから……。

〔京都も、いまのうちだぞ〕

と、私が寸暇《すんか》をぬすみ、年に何度も京都へ足を運んだのも、そのころだった。

私は、師走の京都が好きだ。

一年の終りの仕事をすべてすまし、十二月の二十日ごろに京都へ入り、ぶらぶらと五日ほどをすごすのが、何よりのたのしみだった。

南座の十二月は、東西の名題《なだい》役者が競演する〔顔見世〕で、その〔招き看板〕が飾られ、むかしの京の女たちは、年に一度の顔見世芝居を見るのを唯一のたのしみとして、その年のはじめから、つつましやかに貯金をするのだという。そうした女の、いじらしいところは、もはや、あまりにも古めかしくなってしまったにちがいない。

そのかわり、現代の女も男も、ほんとうの〔たのしみごころ〕を味わう術《すべ》をうしなってしまった。あるものは、どこまで行っても尽きることのない〔不満ごころ〕のみの日本になってしまった。

いまは小説が本業となってしまった私だが、むかし、芝居の仕事をしていたころ、東京・大阪・名古屋の大劇場のほとんどに、自分の脚本・演出の芝居の幕を開けたけれども、京都・南座だけでは一度もない。そのかわり、稽古には何度か来た。

つまり、劇団が南座に出演していて、次の月の東京公演にそなえての稽古ということだ。

南座の楽屋は天井の裏にある。

楽屋を歩いていても、何となく、底が抜け落ちてしまうような気持がして、うす気味がわるかったものだ。

南座と鴨川にはさまれた川端の道に鉄板焼の〔多助〕だの、おでんの〔蛸長《たこちょう》〕だのを見つけたのも、そのころだった。〔多助〕の鉄板焼は、徒《ただ》の鉄板焼ではない。

このあたりの、どこにも見かける小さな民家の、これも小さな軒行燈と〔多助〕の二字をしるしたのれんだけの、まことにもってすがすがしい店構えである。

おそらく、鉄板焼というものは、この店が開祖ではないか。昭和十一年の創業なのだ。

鉄板といっても、それは、この店の主人が工夫した、分厚くて、まるいもので、縁が溝状になっている。これを火にかけて熱してくると、独特の出汁《だし》をながし、新鮮な魚介や野菜、合鴨《あいがも》などを、あぶり焼きにして、大根おろしで食べる。

これをはじめて食べたときは、うまくてうまくて、私も若かったし二人前は軽く食べられるかとおもったが、あるじは、

「いや、むりではないでしょうかな」

と、いった。

なるほど、一人前で腹いっぱいになる。それほどに食べやすくて、濃《こく》があるのだ。

京の民家の茶の間で、あるじと、その家族の接待で、最高の材料を使った〔てっぱん焼〕なのである。こういう店で、このような食べさせ方をするわけだから、当然、客も限られてしまう。それで、ちょうどよいのだ。客座敷は二つしかない。だから、宣伝もしない。

「気ままにやらせて貰《もろ》うてます。跡をつぐものもおりまへんしな」

と、あるじはいう。

新鮮な材料を苦心して仕込み、その味を活かすという一事につきている〔多助〕の〔てっぱん焼〕の鉄板の文字は、看板にも平仮名にしてある。ここに、この店の誇りが感じられる。ここのあるじは、富山県の出身で、むかしは会社員だったそうな。

今度、久しぶりに行ってみたが、味は少しも変らぬ。

変ったのは、私とあるじの頭が白くなったことだけだった。

〔多助〕を出て、その少し先の、団栗《どんぐり》橋の前に、おでんの〔蛸長〕がある。

むかし、私は、ここへ来て、京の野菜を〔おでん〕で食べるのが大好きだった。

そのころ若々しかった主人も、今度行ってみると、でっぷりと肥え、いかにも、この店にふさわしい主人ぶりになっていた。

〔蛸長〕も、いまのあるじで三代目だ。もう七十年もつづいている店だ。箸でちぎれるようにやわらかい明石《あかし》の真蛸が名物だが、何から何まで、すべてうまい。

時分どきは満員である。

これも〔多助〕の〔てっぱん焼〕と同様に、一口に〔おでん〕といっても、七十年の貫禄があって、昨日今日に、店を出した〔おでんや〕とは、まったくちがう。

観光客が絶えた十二月の京都の町には、京都の人びとしか、目につかなかったものだ。冷え冷えとして、ときには粉雪が舞っているような夜に、〔蛸長〕のおでんで酒をのむのは、まったく、たまらなかった。

釜めしの〔由良之助〕も、そのころに見つけた店だ。

そのころは、縄手の四条下ルところに店があったが、いまは、祇園の〔一力〕のとなりへ移り、新装開店した。

〔一力〕と〔由良之助〕が並んだのだから、まことに打ってつけの場所を手に入れたものではないか。

先年の夏の、猛暑の午後に、久しぶりで訪れてみて、以前の小さな店をなつかしがってみたけれども、むかしのままの味で、私をよろこばせた。名物は〔釜御飯〕なのだが、刺身もいいし、何でもうまい。むかし、縄手の小さな店のころ、冬の最中に馬関《ばかん》雑炊を食べたことがある。いまも、やっているだろうか。

フグ雑炊なのだが、〔由良之助〕のは実にきれいに仕上がっていたものである。

〔釜御飯〕は、海老、カニ、蛤《はまぐり》、穴子などいろいろとあるが、私は何といっても飯《いい》蛸《だこ》の釜めしが好きだ。

飯にまざった蛸の歯ざわりが何ともいえない。

多助・蛸長・由良之助と、三つの店をならべてみると、私の脳裡には、どうしても師走の京都のイメージしか浮んでこない。

寺社をめぐって歩いたのも、十二月だった。

そのころの寺社は、観光バスを連らねてやって来る人びともいないし、落ちついて、ゆっくりと見て歩くことができた。

顔なじみの古書廛《てん》へ入って、茶をよばれながら、私の仕事の資料をゆっくりと漁るのも、この季節だった。

ホテルで、朝もおそく起き出て、ポットのコーヒーをゆっくりとのみ、さて、外へ出て、河原町を歩きながら、

（今日は、何処へ行こうかな……？）

と、おもうときの、こころのゆとりは、私にとって、かけがえのないものだった。

一年中、一日の休みもなしにはたらいてきた私の休暇は、十二月の下旬に決まっていたのである。

買物をしたりしながら、四条へ出て、鴨川をこえ、南座の〔招き看板〕を見上げながら、祇園社の方へ歩いて行くと、顔見世に出演している尾上梅幸が、東山の裾の定宿から出勤して来るのに出合ったりする。

この人も散歩が好きらしい。

そのころはまだ、梅幸さんとのつきあいがなかったので、すれちがって、祇園社へ向いつつ、

（昼飯は何処へ行こうかな？）

と、考える。

数年前までの、それが私の師走の休暇で、新しい年が明けると元旦から仕事にかかったものだ。

温泉で泳いだ話

六十をこえた現在の私は、温泉というものに、興味をうしなってしまった。

たまさかに、仕事か何かで温泉旅館へ泊ることがあって、私より若い同行者が手ぬぐいを頭にのせ、

「ああ、温泉はいいですねえ。うーむ。たまらないなあ」

などといいながら、一時間も入っているのを見ると、あきれて言葉もない。

年をとって気が短くなった所為か、温泉につかって長い時間をすごすのは苦痛である。

日本人は、江戸時代のむかしから入浴好きで、当時のヨーロッパ諸国にくらべても、ずっと清潔な生活をしていたのだった。

日本はまた、世界一の温泉国であって、私も少年のころから、温泉にひたる機会は数え切れぬほどあったが、東京の下町住居となると自家に浴室はない。銭湯である。

その銭湯の熱い湯へ入って「う、うう……」と唸《うな》りながら、一分間ほどつかり、浴槽を出ると躰中が真赤になっている。そういう入浴が好みになってしまったのは、ぜひもないことだろう。

こんな私だが、それでも若いころは、温泉がきらいではなかった。それも、熱海のような大温泉街の温泉ではなく、山の中に一軒しかない〔湯の宿〕を好んだ。

それというのも、来るべき〔兵役〕にそなえ、できるかぎり自分の躰を鍛えておこうというので、暇を見つけては諸方の山々を歩きまわっていたからだ。

ことに当時の私は、心身ともに、あまり健康的な生活をしていなかったので、必ず〔兵役〕にとられることがわかっている以上、躰を鍛えておかぬと、ひどい目にあうのは自分なのだから、山歩きのほかに剣道も少しはやった。

ところで、私が大好きな、故田中冬二の詩の中に、上越国境のH温泉をうたったものが、いくつかある。

山の向うは越後である。
この山の湯に、味噌も醤油も魚も
越後から来るのである。

　空が水のように白くみえ、座敷座敷には赤いへりとりの紙笠を着たランプがとも
　る。

と、うたい出る冬二の詩は、若い私を魅了させずにはおかなかった。

そして、谷川の水を引き入れた生簀《いけす》の中で、はねる鯉。まさにH温泉は田中冬二の詩そのもので、私は仲のよい友だちと、また独りきりで、何度も、この温泉へ行ったものだ。

　H温泉の浴舎は、木造の古風なもので、大きな浴槽が男女合せて六つ、ならんでいた。浴槽の底には石が敷きつめてあり、石の間から、ぶくぶくと清冽《せいれつ》そのものの温泉がわきあがって来る。

　ここの温泉はぬるい。ぬるいからこそ、長時間をすごすことができる。いよいよ私が海軍へ入ることがきまって、召集の日もせまった秋になって、私は独りでH温泉へ出かけ、客もいない、ひろびろとした浴舎へ入り、二時間も三時間もすごした。私は泳げなかったのだ。泳げない男が海軍へとられるのだから、せめて潜《もぐ》ることだけでも練習しなくてはとおもったのだろう。当時はホテルにプールもなかったし、スイミン

グ・クラブなどという便利なものもなかった。

H温泉では、夜が更けると、火の番が拍子木を打ってまわった。深い谷底の湯の宿の重い蒲団に寝て、この拍子木の音を聴く気分は何ともいえぬものだった。

さて……。

戦後のH温泉は、まったく変貌してしまった。日本の他の山の湯と同じように……。国境の峠から、列車の駅までは立派な自動車道路が通り、もはや、「味噌も醤油も魚も越後から来る」と、冬二がうたった国境の旅情も消えた。ともかくも、現代日本は交通の発達によって、狭い上にも狭くなってしまった。

むかし、私たちはバスの終点から二時間も歩き、冬は馬橇《ばそり》だった。

いまも、ここの温泉だけは、むかしと変らずにこんこんとしてふき出しているが、いまどきランプだけの照明や、火の番の拍子木といっても、時代おくれになってしまったのか……。

東京に生まれ育った私のような者には、先ず、環境あっての温泉である。

旅情あっての温泉である。

航空機や新幹線で「あっ……」という間に温泉地へ着き、東京と同じような建築の旅館へ入り、そこの温泉にひたったところで、私は、おもしろくもなんともない。

ただし、いつの世にも例外はある。
むかしの温泉を偲ばせる温泉も、数少いが、まだ残っているにちがいない。

横浜にて

戦前の横浜は、美しい情趣にあふれていたようにおもわれる。

もっとも、それは私が十八歳から二十一歳にかけてのころだから、ただもう漫然と、横浜の町を、道を、港を歩いているだけでも、まるで香りのよい酒をのんだように夢心地なのであった。

つまり、それほどに若い私にとっては、すばらしい町であったことになる。

当時の私に、

「横浜の存在……」

を、教えてくれたのは、大佛《おさらぎ》次郎《じろう》氏の小説〔夜の真珠〕と、横浜を背景にした多くの作品を書きつづけた故北林透馬氏の小説であった。

「東京の、こんな近くに、こんなすばらしい町があったのか……」

なのである。

同じ兜町にいた親友の井上留吉と二人で、よく出かけたものだが、

「なんだ、つまらねえ。東京とちがうところは海があって船が浮んでいるだけだ。わざわざ来るにはおよばねえじゃあねえか、波さん」

はじめ井上は、すこしもおもしろくなさそうであったが、そのうちに、

「いいところ」

を見つけたらしく、私ひとりを〔ホテル・ニューグランド〕へ泊めておき、私の部屋へ、

「エヘ、ヘヘ……おはよう」

などと、朝帰りをするようになった。

そのころ、秋も深まると、港には霧がたちこめ、大桟橋《サウスピアー》に停泊している外国船の甲《かん》板《ばん》を、船員が飼っているペルシャ猫が悠々と歩いているのを見たりした。

関内の官庁街も商店街も、しっとりと落ちついたおもむきがあり、弁天通りは外人向けの商店や、しゃれたレストランが物静かに立ちならび、横浜開港のころからの古い商店街・元町を歩いているときと同じようなエキゾチシズムがただよっていた。

この弁天通りに〔スペリオ〕というモダンな店があった。カフェーとも酒場ともレストランともつかぬ、いかにも横浜らしい店で、井上と私は、女給たちにからかわれ

ながら、身のしまった鰈のフライでブドウ酒をのんだりしたものだ。ママさんが美しい人で、ときどき、大丸髷にゆいあげて店へあらわれる。そうした姿が、モダンな店の雰囲気をいささかもこわさぬ。これが横浜なのである。

戦後に〔スペリオ〕は、近くの馬車道へ移転し、いまも健在だ。

横浜の老友で、伊勢佐木町の近くで〔ホース・ネック〕という酒場の主人でもある牧野勲氏と馬車道を歩いていて、〔スペリオ〕の看板を見つけ、

「あれは、もと弁天通りの？」

と、問うや、牧野氏がおどろき、

「よく知っていますね。じゃ、これから行きましょう」

と、さそって下すった。店のおもむきは変っていたが、むかしのままの、おっとりとした酒場になっていたのには、さすがにうれしかった。

そのころ大佛次郎氏の姿は、〔ニューグランド〕の酒場で二度ほどお見かけした。大佛氏は颯爽《さっそう》たる白面長身の青年紳士……に見えた。酒場では、いつも〔ビスキ〕のブランデーをのまれていたようだ。

いつであったか……いまにしておもえば、どこかの編集者だとおもうが、中年の人

と酒場でのんでおられたが、そのうちに何やら笑い出した大佛氏が、

「いまは、仕事は嫌だなあ」

　そういわれた声が、はなれていた私の耳へきこえたのを、いまも、おもい出すことができる。

「あれが、大佛次郎だぜ」

　私が井上にささやくと、

「へえ、あれが鞍馬天狗《くらまてんぐ》か……」

　井上が感心して、

「嵐寛寿郎《アラカン》に似てるじゃあねえか」

と、いったものである。

　とにかく、横浜がおもしろくて、めずらしくてたまらない。取引所が引けてから、三日か四日に一度は出かけたものだが、店を出て昭和通りの日本橋郵便局の前でタクシーをひろい、横浜まで、たしか三円五十銭ほどで行ったとおもう。夜おそくなって、東京へ帰る車をハマで拾うと二円で帰ってくれた。

〔夜の真珠〕の中で、この小説の舞台になっている酒場〔マスコット〕の主人が、

「高野さんは華勝楼へいらっしゃるって、少し前に皆さんとお出かけになったよ」

というせりふを見れば、ただちに南京町へ、その店をさがしに行ったりした。

北林透馬氏の小説も、私にとっては横浜の教科書のようなもので、本牧《ほんもく》や外人墓地、丘の上から港の風景をながめながら、何度も歩きまわった。

その当時の横浜の町のおもかげは、いまも元町や南京町の裏通り、路地なぞに、ひょいと残っている。

それから、曙町の牛なべ屋〔蛇ノ目屋〕へ行くと、私なりに、むかしの横浜をおもい出す。むかしの〔蛇ノ目屋〕の牛なべは、シラタキもトウフも出さず、牛肉と葱《ねぎ》だけで、入れこみの大座敷で食べさせたものだ。

それになんといっても、〔ホテル・ニューグランド〕のメイン・ロビーだ。

（ここだけは、むかしのままだ）

しみじみと、そうおもう。

それから三十年近くもたって、私が直木賞を受賞し、その授賞式に、選考委員の一人である大佛氏から、お祝いのことばをいただこうなぞとは、これこそ、夢にもおもわぬことであった。

横浜には、いまも微かに、もはや東京が失ってしまった〔明治〕が残っているような気がする。

私の師・長谷川伸も横浜に生まれたが、その少年時代からの友人で、先年亡くなった事業家の内山順老人や、すでにのべた牧野勲氏など、明治生《は》えぬきの老人たちが横浜からはなれずに、わずかながら残っている。

これからは、どしどし変ってしまうであろうが、たとえば、行きずりに入った商店や食べもの屋の品物やサービスに明治人の気骨と親切と、商売への責任感とをくみとることができることもある。

そして、開港地としてひらけた町に住む人びとの、のびやかさと人なつこさを、いまも横浜は残しているのである。

たとえば……。

〔ホテル・ニューグランド〕へ泊って見れば、そのサービスが三十年前のそれとすこしも変らぬといってもよいほどに、

「変らぬ」

ことを知るであろう。

近年、このホテルが一階に新設した喫茶室へ行って、冷たい紅茶を注文すると、香り高い、味わいの濃い、ほんものの〔アイス・ティ〕をはこんで来てくれる。アイス

クリームを注文すれば、氷の浮いた水を惜しみもなくサービスする。これがあたり前のことなのだが……。

近ごろ、銀座でも老舗といわれるある店が新設した喫茶室で出す〔アイス・ティ〕は、まるで水だ。

たとえ、レモンの一片は浮いているとしても、これが百五十円である。〔ニューグランド〕の〔アイス・ティ〕も百五十円ながら、それだけの価値がサービスと味の底に〔責任〕となってひそんでいるのである。

昭和二十年三月。

当時、海軍にいた私は、おもいもかけず、横浜の磯子にあった〔八〇《はちまる》一空《いちくう》〕の基地へ転勤となった。

その、はじめての外出日に、私は弁天通りの〔スペリオ〕へ行き、電話を借りて、東京のわが家へかけた。

「へえ……ヨコハマにいたのかえ」

と、母も祖母も、びっくりした。

「これからは、外出もできる。ところが、こっちの航空隊では、川崎から向うへは行けねえのだ。だから、そっちから面会に来てくれ。ヨウカンもさらしもとってある。それをやるから、そのかわりに、うめえ香の物《オコウコ》と海苔《のり》をたっぷり巻いたおむすびをたのむ」

母に、こういうと、

「ヨウカンときいたんじゃあ、捨ててもおけない」

というので母が、次の面会日に、桜木町駅まで来てくれた。

なにしろ、私の母というものは、生死をかけて私が横須賀海兵団へ入団するときも、見送りになぞ絶対に来ない。

「お前は悪運が強いから、死にゃあしないよ」

と、これがはなむけのことばであって、私は一人きりで海兵団の門をくぐったものだ。

その日。

母は、もんぺ姿で、約束通りの食物を抱えて来てくれた。当時四十四歳であったはずだが、私には六十の婆さんに見えた。

母をつれて、外人墓地の丘へ行き、海苔むすびと香の物をたっぷりと食べ、母へは戦給品の菓子やらさらし布やらをわたした。

このときの母の印象は、私と暮した五十年の今日までの間で、もっともやさしかったようにおもう。

母は、私にやさしくすることを、

「照れくさい」

と、おもうのである。

以後、東京の空襲が烈しくなるにつれ、私も外出日には落ちついていられなくなった。海軍の平常外出は、夕方から翌朝までである。

そこで私は、横浜の滝頭にいた母の従妹の家へ、背広をあずけておき、ここで軍服と着替え、つまり変装して東京へ行った。電車内も駅々にも、海軍巡邏《じゅんら》（陸軍でいう憲兵）の見張りがきびしく、何度、肝を冷やしたか知れない。

一度、新子安の駅でとがめられて、やむを得ず巡邏の下士官の股間を蹴って逃げたことがある。

この下士官と、のちに山陰の米子基地で再会したときは、実に冷汗をかいたものだ。

その下士官は山口兵曹といい、山陰基地でも巡邏をしていたが、ばったりと出会って、さすがに私も肝を冷やし、どんなひどい目にあうかと思っていたら、山口兵曹はにやりとして、

「あのときはひでえことをしやがった」とそれだけですんだ。

戦後、たびたび横浜へ出かけた。

このごろは、あまり行けない。

南京町に近い、前田橋の傍のドイツ料理〔ベティ〕へは、よく行ったものだ。

陽気なベティ小母《おば》さんが一人でつくるドイツの家庭料理。豚肉をとろとろに煮込んだスペアリブスや、ロール・ビーフの味がなつかしい。いまも健在らしいが、小母さんは少し老けて、痩《や》せたそうである。

南京町も、堂々たるビルの中華料理店がたちならび、戦前のおもかげは表通りにかぎって、まったくない。

わが師・長谷川伸が、

「むかし、ぼくがハマで労働やってたとき、南京町へ行ってラウメンを食べるんだが……すこし金があると、シューマイを食べる」

師の口調は〔ラーメン〕ではなく、あくまでも〔ラウメン〕なのである。

「いつ行ってもうまかったねえ。そりゃあ、むかしへの郷愁が、そうさせるんだろうと、そういう人がいるけれども、ちがうね。やっぱりちがう。ソバの味もスープの味も、シューマイの味も、まるっきりちがうんだよ、君」

だと、いうことである。

横浜へ行って、飯を食べる店もいろいろだが、私は、たとえば、あまり有名ではない相生町の洋食屋〔ナポリ〕でマカロニ・グラタンやオムライスを食べたり、南京町でいうなら、裏通りの〔清風楼〕でシューマイをつまんだりするのが好きだ。同じ裏通りの〔徳記〕のラーメンもよい。これなど恩師に食べさせたら「ラウメンだ」と、いうのではあるまいか。

これからは、暇あるごとに横浜通いを、またはじめようと考えている。

それというのも、数年後に、開港前後の横浜を舞台にした時代小説を書きたいとおもっているからだ。

バリ島の夜の闇

十五年ほど前に、東北の盛岡で知り合った若いカメラマンが、インドネシアのバリ島のことを、

「文字どおりの、最後の楽園です」

と、熱心に語った。そのころの彼は、暇さえあれば、バリ島へ出かけていたようだ。彼の言葉に浮きあがってくるバリ島は、魅惑にみちていて、私の旅心を誘ってやまなかったけれども、外国へ行くことになると、いつもフランスへ足が向いてしまい、ヨーロッパより近いバリ島が、地図の上でも遠く感じられ、計画をたててみても、なかなかに実現しなかった。

ところが、去年の十二月へ入ると一週間ほどの暇ができたので、鳥が立つように日本をはなれ、シンガポールからバリ島をまわって来た。

一年中、真夏の陽光をあびている熱帯の島の、紺碧《こんぺき》の海と空。そして夜ともなれば、

あくまでも闇は暗く、その一日のコントラストが島の風物と人びとの生活に絶妙の色彩をあたえる。

私が、先ず見物したかったのは、有名な民族舞踊だった。案内人のナタ君が、州都デンパサールの寺院に接したステージへ案内してくれ、ケチャックのダンスを観た。深い闇に包まれた野外の、藁《わら》屋根の下のステージへ、半裸の男の踊り手が群れあつまり、円陣を組んで奇声の合唱をおこなう中へ、少女の踊り子が登場し、魔除《まよ》けのダンスがはじまる。

照明は、ヤシ畑の灯火だけだ。

観光用とはいえ、これはやはり現地で観るべきものだろう。

熱帯の、重くたれこめた夜の闇と、燃える松明《たいまつ》の中で演じられるケチャックは、同行のSが、

「一時間が、十分にしか感じられませんでした」

そういったほどに、すばらしかった。

これは、単なるエキゾチシズムに魅せられたばかりではない。日本人にとっては、もっと胸の底の深いところで共感と昂奮《こうふん》がよみがえってくる。翌日は白昼のステージでバロンのダンスを観たが、何から何まで、歌舞伎そのものといってよい。

歌舞伎俳優の岩井半四郎は、インドネシアの、バリ島の民族舞踊に関心をよせ、何度もバリ島へ出かけていることを風聞していたが、さてこそとおもい至った。

ダンスを観ながらも、われ知らず、江戸時代から桃山のころの、日本の芸能について、おもいはさかのぼって行く。

だが、その接点を探るだけの時間が、もう、いまの私にはない。

ただ、もっと早いうちに、

(東南アジアを、まわっておくべきだった……)

その悔いが残るのみだった。

日中のデンパサールの中心は、日本製のバイクやトラックが渦を巻いて、弾丸のように疾走《しっそう》している。

むかしながらの馬車に乗って、ゆったりと町中をすすむと、その背後から押し寄せて来るバイクやトラックが苛《いら》だたしげにクラクションを鳴らす。

バイクに乗っている現地の若者たちは、凄まじい目つきで馬車を睨《にら》み、私たちを睨む。

もっとも、町の中心を外れてしまえば、嘘のように静かな街道が横たわっているだけなのだが、近い将来には、この島の道という道をバイクが走りまわることだろう。

夜になると、デンパサールを走る車は、ほとんど消えてしまう。

木立に包まれた料亭には蠟燭《ろうそく》が点《とも》り、藁屋根の、吹きぬけの離れ屋のテーブルでイセエビの塩焼や焼飯などを食べていると、ことさらに、夜の闇の濃さが感じられる。

「こんなの、戦争以来のことですね」

と、老妻がいった。

闇は花の匂いをふくんでいる。冷房のかわりに樹林を吹きぬけてくる風がある。

観光に力をそそぎながら、政府は、さまざまな制限を加えて、空と樹林と夜の闇を、

「まもろうとしている……」

らしい。

島民の信仰（ヒンドゥー教）も、これを支えているといってよい。

クタ・ビーチに近い一等地では、五、六十坪の土地が百万円で買えるそうな。建て売りの住宅が、四、五十万円で買えるし、むろんのことに、日本にくらべたら、びっくりするほどに安い。

帰国して、このはなしを、件《くだん》のカメラマンにつたえると、唸り声をあげて、彼は絶句してしまった。

いまの彼は、カメラを手にすることもなく、三人の子の父親として、ある会社につ

とめ、懸命にはたらきつづけていて、十年近くもバリ島へは行っていない。

「どうしたの？」

「信じられません」

「何が？」

「バリの……あの島の土地が、そんなに高くなってしまったんですか。あそこも、いまに東京みたいになってしまうのかな……」

しかし、バリ島は、いまのところ人口が少い。ために樹林が健在なのである。

それゆえにこそ、夜の闇の神秘が辛うじて保たれてい、灯火の海のような東京の夜からやってきた私たちを、深い想いに誘い込むのだろう。

セーヌとパリジャン

〔素晴しき放浪者〕

フランス映画にあらわれたセーヌ河について語っていては、切りがないというものだが、日本へ入って来なかったジャン・ルノワール監督の四十余年前の傑作〔素晴しき放浪者〕ほど、セーヌとパリジャンとの暖い交流を見せてくれた映画はない。近ごろ、この映画が東京で公開されたときの、私の感動を何といったらよいだろう。

セーヌ河へ身投げをした放浪者ブーデュを救いあげた河畔の本屋の主人と、その妻。そしてブーデュが衣食に満ち足りてくると、とたんに発情してくる無邪気さ。その何ともいえぬ人間像をつくりあげたルノワールもルノワールだが、ブーデュを演じたミシェル・シモンの、まさに天《てん》衣《い》無《む》縫《ほう》ともいうべき名演（妙演というべきか）には、おもわず唸ってしまった。

この映画でのセーヌは単なる点景ではない。ドラマと人物とをやさしく抱擁《ほうよう》し、パリの人びとの生活そのものをセーヌが表現していた。ルノワールは、戦後、インドへ行って大作〔河〕をつくったほどだが、その小品佳作〔ピクニック〕におけるロワン河も、人と河との関わり合いを感銘《かんめい》ふかく、私たちに教えてくれたのだった。

東京の河川は、役人や政治家どもによって、むりやりに地下に埋めこまれてしまったが、パリはセーヌのながれの邪魔するものを断固として拒絶している。

河の水が人びとの手にふれ、人びとの息吹きが河に波紋《はもん》をひろげているのだ。

近年の映画では、ルネ・クレマンが監督した〔パリは霧にぬれて〕のセーヌがよかった。これは子供の誘拐事件を中心にした若い夫婦の家庭を描いたものだったが、トップ・シーンの、フェイ・ダナウェイの妻が幼児をつれて砂利の運送船に乗り、セーヌ河からサン・マルタン運河を通りぬけて行くシーンが、ジルベール・ベコー作曲の沈痛な、しかも叙情《じょじょう》ゆたかな音楽に乗って寸分の隙《すき》なくカッティングが積みかさねられて行き、私を身ぶるいさせた。クレマンは導入部がいつもすぐれている。このごろのクレマンがふるわないのは、よき脚本家がいなくなったからかも知れない。この映画ではセーヌの河岸のパリ風景が運河の暗渠《あんきょ》へ移るめずらしいシーンがあった。

この暗渠をぬけると、船はサン・マルタンの運河へ近づく。

〔北ホテル〕

この運河のほとりにある〔北ホテル〕は、ダビの小説をマルセル・カルネが映画化した〔北ホテル〕で一躍有名になった。

ルイ・ジューヴェやアンナ・ベラ、ジャン・ピエール・オーモン、それにアルレッティなどの出演によるカルネの人情ばなしは、運河周辺の情景をほとんどオープン・セットによって撮られた。それだけにカルネはおもうさま、演出の腕を揮《ふる》うことができたのであろう。ロケーションでは、こうはゆくまい。

いまも、サン・マルタン運河のジェンマプ河岸あたりの風景は、むかしのままだ。

一日中、このあたりに佇んでいても飽きないだろう。私たちは河岸の小さなレストランで、遅い昼飯をしたためたのだが、その間に、三度も運河の水門が開かれ、運送船が通りぬけて行った。

パリジャンたちがあつまって来て、船が通りぬけて行くのを見物している。

パリに住んでいて、このあたりへやって来ても、なかなか水門を通る船を見かける機会がないものだそうな。

「あなた方は運がいい」

と、レストランの給仕がいった。

〔北ホテル〕は、このレストランの隣りに、いまも残っている。

その、狭い、古びて腐れかかった階段は、このホテルに泊った数え切れぬ人びとの〔ドラマ〕を見てきたにちがいなかった。

パリから南仏ニースへ

夜行列車で

パリのリヨン駅から夜行列車でマルセイユへ向うとき、私たち三人の個室へ、中年のフランス女が入って来た。

見送りに来た、これも中年の男がプラットホームから、

「ジャポネの男が三人だから、気をつけるんだよ」

心配そうに列車の窓際《まどぎわ》に立った女へいっては、私たちのほうをちらちらと見る。

夜のリヨン駅の情趣は、また格別のものだ。

小雨がふりけむるリヨン駅のプラットホームは、まるで秋が来たようにうすら寒く、さびしげだった。

列車がうごき出し、見送りの男の姿も消えたのに、女は窓際に立ちつくしている。

同行のTが、上段の寝台へ身を横たえている私に、

「彼女、泣いていますよ」

と、ささやいてよこした。

私は、かなり酔っていて、すぐに深い眠りに落ちてしまった。

朝が来て、目ざめたとき、女はすでに四人用の個室から通路へ出て、窓際に立っていた。

もう、すぐにマルセイユだった。

駅へ着いたとき、Tと私が女のトランクを下してあげたら、

「メルシ」

と、女は赤く腫《は》れた眼に微かな笑《えみ》をただよわせた。

マルセイユの朝の太陽

マルセイユに、夏の朝の太陽が輝いている。

旧港の岸辺には、魚や貝を売る屋台店がたちならび、まるでパニョルの芝居へ出て

くるような男や女が、魚介を売ったり買ったりしているのだった。

パニョルがマルセイユを舞台にして書いた芝居に出て来るファニーや、その母親《おふくろ》のオノリーヌや、カフェの亭主《おやじ》のセザールや、その息子のマリユウスそっくりの連中が、どこにでもいる。

その中に、ジャン・ギャバンに瓜《うり》二つという粋《いき》な老人がいて、仲間の老人たちと朝の挨拶をかわしていた。

カメラを向けると、黒眼鏡のフチを手で押さえ、この老人は気取って見せる。おそらく、みんなから「ギャバンそっくり……」だと、いわれているにちがいない。

同行の二人が丘の上へあがって写真を撮っている間、私は車の番人をしながら、旧港の岸辺でやすむことにした。

この旧港は、スエズ運河が開通して以来、フランスと諸国をむすぶ一大国際港だった。

いまはヨット・ハーバーと漁船の舟溜《ふなだま》りになってしまい、アメリカ映画の〈フレンチ・コネクション２〉では、ジーン・ハックマンの刑事・ポパイが、麻薬密売のボスに扮したフェルナンド・レイを追いつめるクライマックスの背景となった。

事実、いまのマルセイユの暗黒街は、

「実に恐ろしい……」

のだというが、紺碧の海と空は、あまりにも明るくて、旧港をへだてた南の丘に建つノートルダム・ド・ラ・ガルドの伽藍《がらん》をながめながら、ゆっくりと体操をしていた、そのときの私には無関係のことだった。

地中海の海風が冷たく吹きながれてきて、何ともいえず快く、二人が丘から下りて来るのが遅ければ遅いほどよい気分だった。

昼近くなってから、私たちのレンタカーはマルセイユを出発し、サン・トロペを経てニースへ向った。

南仏ニース

ニースへ来ると、いよいよ南国の香りがたちのぼってくる。

碧空《あおぞら》は、そのまま海の色となり、椰子《やし》の葉が潮風にそよぐ。

フランスというよりは、建物も町の雰囲気もイタリアの感じが濃厚になってきて、夜ふけの十時まで、空は明るく、まだシーズン前だったが、海岸通りのカジノやカフェのオレンジ色の燈火の華やぎは一種、格別のものがある。

私たちは海岸通りのカフェ・レストランへ入って、食事前のシャンペンをたのしむことにした。

カフェの支配人に、

「シャンペンに、もっともよろしい肴《さかな》をもってきてくれ」

と、いうや、たちまちにして、揚げたてのポテト・フライを運ばせ、

「これが、もっともよろしい」

と、いった。

例の、拍子木に切ったポテト・フライである。

シルク・ハットの形をしたバケツの氷に冷えたシャンペンをのみ、ポテト・フライをつまむうち、同行の一人の手がすべって、グラスを割ってしまった。

すると、これを見ていた支配人が近寄って来て、

「今夜のあなたに運がついた」

にっこりと、いったものだ。

サン・ドニの女たち

私は、パリへ行くと、第10区のサン・マルタン運河のあたりを、ぶらぶらと歩くのが好きだ。

この運河の、ジェンマプ河岸あたりの風景は、むかしのままだ。ダビの小説と、マルセル・カルネ監督の映画で有名になった〔北ホテル〕も残っている。

〔北ホテル〕の隣りにある小さなレストランの二階から、運河をわたる荷船をながめるのは、まことにたのしい。現在の東京が失ってしまった船と河とが醸《かも》し出す雰囲気が、なつかしくもうれしい。

サン・マルタン運河から、セーヌのあたりへもどって来るときは、これまた、きまってサン・ドニ通りへ出る。

軒をならべてひしめく店屋の前には日中から露店がたちならび、活気がみなぎっている。

この辺りは、エロスに関するあらゆるものがそろっているそうだが、もう少し若ければ、私も躰を張ってアバンチュールをしたにちがいない。

初夏の陽光が落ちかかる街路には、パリ伝統の街娼たちが立つ。

サン・ドニの街娼は、なかなかに美しいのだ。

車の窓から、彼女たちへ敬意を表しながら、真直《まっすぐ》にすすむと、正面にサン・ドニの門が立ちはだかる。この門は、十七世紀ごろまで、パリの城壁だったのである。

有名なシャンゼリゼの凱旋門《がいせんもん》にくらべると小さいが、その貫禄において勝る。

サン・ドニは、かのジャンヌ・ダルクがシャルル七世と共に、パリへ攻めかけて来たときの古戦場でもある。

私は、サン・ドニの門が大好きだ。

モンパルナスの〔クーポール〕

パリへ行くと、かならず一度は〔クーポール〕へ行く。

モンパルナスの〔クーポール〕は、あまりにも有名なカフェ・レストランだ。

およそ八十年ほど前に開店した、この店の雰囲気は、よき時代のパリの残り香を、いくらかはただよわせているようなおもいがする。

藤田嗣治《つぐはる》も、ピカソやブラマンクやキスリングなどの画家たちや、モンパルナスの女王キキ（モデル女）も、戦後のサルトルやボーヴォワールも常連だった。

夜がふけて、天井が高く、ひろびろとした店内が客ではち切れそうになると、其処《そこ》此処《ここ》で、何やらフランス映画の一齣《ひとこま》を見ているような場面が展開される。

口争いをしている男女、客と客とのトラブル、泣いている女をなぐさめている男。

オレンジ色の灯の下で白服の給仕《ギャルソン》と黒いスーツの監督《ジェラン》が、いそがしそうにテーブルの間を縫って立ちまわる。

活気があふれ、料理を食べるのも忘れたかのように客たちは語り合っている。

この店や、旧中央市場《レアール》の〔ピエ・ド・コション〕は、長年にわたって異国の客をあつかい慣れているので、はじめて入ったときから、気分よく食事をすることができたのだった。

仕出し料理——品川〔若出雲〕

私の亡父・富治郎には二人の姉と一人の妹がいた。私にとっては二人の伯母と一人の叔母ということになる。

上の伯母は、新吉原の老妓で名をお梅といい、いかにも吉原の芸者らしい容顔を、いまもおぼえている。下の伯母は、戦前、吉原・仲之町の引手茶屋・一文字屋を経営しており、私は幼時、この二人の義姉のごきげんうかがいに行く母に手を引かれ、吉原へは何度も足を踏み入れている。

そのころ、叔母の清《きよ》は、もう亡くなっていたのではあるまいか。

清も吉原の芸者で、歌舞伎座で小鼓を打っていた望月長太郎へ嫁入り、政彦という男子を生んで後、病歿してしまった。望月の叔父は後妻を迎えたので、しぜん、池波家とは縁が遠くなったが、それでも子供のころ、母と共に歌舞伎座へ行ったりして、七代目・幸四郎が〔勧進帳〕の弁慶を演じているときなど、小鼓を打っている叔父を指して「あれが長太郎さんだよ」と、教えてくれたものだった。

その望月長太郎の子の政彦という従兄の、名は耳にしていても、一度も会ったことはなかった。

ところが、十二、三年前だったろうか、作家の筒井康隆さんが、近所に住む従兄・政彦の女の子をグラビアで雑誌に紹介したことがある。政彦は亡父の名を襲い、望月長太郎となり、小鼓を打っているらしい。

（これは、たしかにそうだ）

と、おもったが、何分、一度も会ったことがないだけに、名乗り出るのもはばかられていたところ、向うも、私の小説を見たりして、

（これは……）

と、おもっていたらしい。

私の筆名と本名とは同じだからである。

そして、二年ばかりすぎた或る夜、突然、従兄から私へ電話がかかってきた。

こうして、血のつなかった従兄と私は、はじめて会ったのである。

二代目・望月長太郎は、私より二つ三つ年上で、戦争中はシベリアへ何年も抑留《よくりゅう》され、ひどい苦労を重ねてきていた。

実母の清が亡くなってから、家庭における苦労も、生半《なまなか》のものではなかったらしい。

かねてから気にかかっていた一枚の写真とレコードを、ようやく、私は従兄へわたすことができた。

その写真は、まだ叔母の清が健在だったころ、先代の長太郎と三、四歳の従兄が写っているもので、これは私の亡父からゆずられたものだ。

レコードは、先々代・芳村伊十郎が吹き込んだ〔勧進帳〕で、小鼓を打つ亡き叔父の長太郎の、豪快な掛声がはっきりと入っている。

従兄は義理がたい人で、私へ、実によくしてくれるが、私は、まだ彼の役に立ってはいない。

それはさておき、私との交際が始まってから間もなく、従兄は二代目・望月長太郎襲名披露《しゅうめいひろう》の会を国立小劇場でひらいた。

襲名は二十年も前にしていたのだが、披露をしていなかったのである。

私も招《よ》ばれ、二代目の、ただ一人の親類として舞台から挨拶をした。

この会で、私は従兄夫婦から、品川の仕出し料理屋〔若出雲《わかいずも》〕の弁当をもらい、帰宅して後、夜食に食べた。

折箱《おりばこ》の蓋を開けて見たとき、私はもう、この弁当の旨《うま》さが半分はわかったようなおもいがした。

折箱の料理というものは、まことに、むずかしい。

調理をして、数時間後に人の口へ入ることになるのだから、材料の選択、調理の仕方、客筋の種類などを、よくよく考え、時間をはからなくてはならぬし、これを良心的につくろうとすると、他の料理にくらべて数倍の神経をつかうことになる。

そして、食べる人が蓋を開けたときに、料理が、いかにも新鮮に見え、食欲をそそるように仕あがってなくてはならない。

しかも、折箱の料理の仕出しは、その需要の性質からして二個や三個ではない。

二十から三十、ときには、五十、百という数量になるわけだから、その一つ一つを念入りに調理し、箱へ詰めるということは実に面倒なものなのだ。

現代の大量生産・折箱料理の一形態として、たとえば駅弁を見ても、その凋落《ちょうらく》ぶりは、だれの目にもあきらかだ。

それでも、地方の小都市の駅で売っている弁当には、まだ手づくりの味わいと、食べる人の身になっての、心のくばり方が看てとれる。

その夜、食べた〔若出雲〕の仕出し弁当は、先ず、鮪《まぐろ》の刺身の切りようからして東京ふうだった。他の料理の味つけにも丹精《たんせい》がこもっている。

その後、先代・長太郎の法事があったとき、従兄に招ばれ、品川の〔若出雲〕で食事をすることになり、当主の森田弘康さんにも会ってみて、あの夜の弁当の旨さが（なるほど……）と、納得がいったのである。

〔若出雲〕の初代は、明治のころ、上州の桐生《きりゅう》から上京し、品川へ来て魚の行商から出発し、のちに、当時、品川で知られた〔出雲屋〕という料理屋の世話で、〔若出雲〕の看板を掲げたのが、明治末年のころだったろう。

江戸時代の品川は、申すまでもなく四宿の一で、東海道五十三駅の第一駅だった。

私は戦前の品川へ、二度ほど足を運んだことがあるが、貸座敷（遊女屋）、料理屋、茶屋などが軒を連ね、江戸時代の繁昌ぶりが、まだ名残りをとどめていた。

大正の大震災にも、昭和の戦災にも品川は焼け残ったので、十数年前に久しぶりで、ゆっくりと品川を歩いたときも、大きな宿場町の微かな匂いが、裏道にただよっていたものである。

いまは、タクシーで八ツ山下を通るとき、旧街道の入口が一瞬、目の中へ飛び込んでくるが、むかしの面影は、しだいに薄れかけてきている。

従兄は最近、原宿から品川のマンションへ移転したので、仲のよい〔若出雲〕の当主とは、いつも顔を合せているにちがいない。

むかしの品川は、御殿山の花見から汐干狩《しおひがり》、海水浴、それに四季の魚介が豊富に獲《と》れ、それこそ、江戸前の新鮮な料理で知られた店も少なくなかった。

いまもあるだろうが、旧東海道を東へ入り、旧目黒川へ架かる橋をわたったあたりに〔鯨塚〕があった。

寛政十年（一七九八）の五月一日に、折柄の暴風雨にもまれた大鯨が品川沖へあらわれたのを見て、土地《ところ》の漁師たちが、これを品川の天王洲《てんのうず》へ追い込み、生け捕りにしたという、その記念碑なのだ。長さ九間一尺、高さ六尺八寸という大鯨を浜離宮の海辺へ引っ張って行き、十一代将軍・家斉《いえなり》が見物したそうな。

先日、私は久しぶりで〔野立《のだて》〕と名づけられた、〔若出雲〕の持ち帰り用の弁当を食べた。

穴子の蒲焼や、鶏肉やタマネギ、三ツ葉、椎茸《しいたけ》などが入った、親子焼と称する卵焼、海老の塩焼、サザエの煮物、白魚、菜の花の芥子《からし》漬、それに南瓜《かぼちゃ》やコンニャク、椎茸、筍《たけのこ》やフキの煮物に、ヒラマサと旗魚鮪《かじきまぐろ》の刺身、筍飯という献立が美しく折箱に入っている。

この美しい色どりと味わいは、まぎれもなく東京のもので、私にはなつかしくてたまらない。

いまの〔若出雲〕は、数種の仕出し料理と弁当を出しているが、いつか折を見て、親しい人たちをマイクロバスに乗せ、この店の弁当を持ってピクニックへ行きたいと考えたりしている。

ここまで書いてきて、明日にも品川の〔鯨塚〕を見に行きたい気分になってきた。

品川は、私の恩師・長谷川伸が年少のころの一時期をすごした土地でもある。

当時、長谷川師は北品川本宿《ほんしゅく》の陣屋横丁にあった台屋（仕出し屋）の出前持ちをして、はたらいており、出前先の〔沢岡楼〕という遊女屋にいた、おたかという遊女に、

「親切にしてもらった……」

そうな。

この、遊女おたかは、後年、長谷川師の戯曲〔一本刀土俵入〕のお蔦《つた》のモデルとなった。

神田・連雀町

私が六つか七つのころ、母が、こんな流行歌を唄っていたものだ。

肩で風切る学生さんに
ジャズが音頭とる
カンダ　カンダ　カンダ……

そしていまも、私にとって、神田は学生の町、古本屋の町である。

さらに、幼少のころからなじんだ食べものが存在する町でもある。

小学生のころ、十二月になると、私は母から早目のお年玉をもらい、これを持って神田の古本屋へ、正月の学校休みに炬燵の中で読む小説を買いに出かけたものだ。小学校の五、六年生ともなると、大人が読む小説を見たくてたまらなくなる。少年

雑誌に書いている作家が、大人のために書いている小説は、私たちにとって、

「驚異そのもの……」

だった。

　そうした私たちを見て、私たちを担任しておられた若いT先生が、

「よし。それなら、オレがいっしょに行って、値切ってやろう」

そういって、わざわざ神田までついて来て、私たちがえらんだ小説本を、いちいち値切ってくれたりしたものだ。

　こういう先生が、子供のころの私たちを教育してくれたことは、四十年後の、いまの私たちへ大きな影響を、それぞれにもたらしている。T先生は、生徒の一人一人の個性を、強いて矯《た》めるようなことをしなかった。

　さて、こうして……。

　私たちの、ささやかな古本漁りが終ると、先生は連雀《れんじゃく》町の汁粉《しるこ》屋〔竹むら〕へ連れて行き、汁粉を食べさせてくれたものだ。

　ところで、東京の汁粉屋というものについてだが、私の小説の中で、盗賊改方の若い同心が、足袋《たび》屋のむすめを浅草の新堀端《しんぼりばた》にある竜宝寺門前の汁粉屋〔松月庵〕へよび出し、逢引《あいびき》をするシーンがある。ちょっと、引用させてもらおうか。

当時の〔しるこ屋〕というやつ、現代《いま》の〔同伴喫茶〕のようなところもあって、甘味一点張りとおもいのほか、店によっては男の客のために酒も出そうという……松月庵の奥庭に面した小座敷で、早くも同心・木村忠吾は、桃の花片のようなお雪のくちびるを丹念に吸いながら、八口《やつくち》から手をさし入れ、固く張ったむすめの乳房をまさぐっている。

などと、書いてある。

汁粉屋というものは、このように、男女の逢引にふさわしい風雅な、しゃれた造りでなくてはならぬ。その風が、戦前の東京の汁粉屋には、かなり面影をとどめていたのだ。

浅草の奥山にあった〔松邑《まつむら》〕などは、その代表的なものだったが、昭和の時代となっては、二人きりになれる小座敷もなく、むろん、酒も出さぬ。しかし、若い女の好む甘味につき合う男たちの出入りは絶えなかった。

神田連雀町の〔竹むら〕へ行くと、戦前の東京の、そうした汁粉屋のおもかげが、まだいくらか、名残りをとどめていて、私には、それがうれしく、なつかしい。

椅子席の他に、入れ込みの座敷があり、ここへ坐って、酒後に粟ぜんざいを口にするのは、なかなかよい。酒後の甘味は躰に毒だというが、酒のみには、この甘味がたまらないのだ。

〔竹むら〕が旧態をとどめているのは、神田連雀町一帯が戦災をまぬがれたからであって、あんこう鍋の〔いせ源〕も、鳥屋の〔ぼたん〕も、蕎麦の〔藪〕も、むかしのままの店構えだ。

戦前の私は、仲よしの友だちと、これらの店で、よく酒をのみ、それから目と鼻の先の〔竹むら〕へ入って粟ぜんざいを食べた。

先ず〔藪〕で、みんなと待ち合せる。酒を一、二本というところか。顔がそろうと〔ぼたん〕である。〔寿司長〕である。それから〔竹むら〕というふうに、まるで軒から軒へ食べ歩いた。

しかるのち、〔竹むら〕の名代〔揚まんじゅう〕をおみやげに包んでもらう。このおみやげを殊勝に家族のものへ持って帰るのかというと、そうではないのだ。

これからあとに、われらの真の目的があるわけで、揚まんじゅうは白粉《おしろい》の匂いのする生きものの口へ入ってしまうのである。

いまも〔竹むら〕の粟ぜんざいの、香ばしく蒸しあげた粟となめらかに練りあげた餡《あん》のコンビネーションは依然、私の舌をたのしませてくれる。

それに、この店の女店員のもてなしぶりのよさはどうだ。いかにも、むかしの東京の店へ来たおもいが、行くたびにするのである。

神田の連雀町という町名は、昭和のはじめに消えてしまい、現代の千代田区・神田須田町一丁目と淡路町二丁目の間が、むかしの連雀町ということになる。

およそ四百年もむかしに、徳川家康が豊臣秀吉によって関東へ封ぜられ、草深い海辺の村にすぎなかった江戸の地へ本城をさだめて以来、江戸は急速に発展し、ついには徳川幕府の〔本拠〕となるに至った。

秀吉が歿し、家康の実力が、ようやく〔天下人《てんかびと》〕としての威風をそなえるようになった慶長年間に、商人たちの品物を背負うための用具である連尺《れんじゃく》造《つく》りの職人たちが、この土地へあつまっていたところから〔連雀町〕の町名が生まれたのだそうな。

私どもの年配から上の人びとが、旧町名をもって、いまも、この町すじをよんでいるのは、ひとえに、町すじがむかしの東京の匂いをただよわせているからなのだろう。ま、それほどに、数えきれぬほど足を運んだ連雀町なのだが、同じ町内にある、これも古い店の〔松栄亭〕という洋食屋を、私が知ったのは、つい五、六年前のことだった。

つい先ごろ……というのは、去年（昭和五十年）も押しつまってから、久しぶりに、三人連れで〔松栄亭〕へ行き、食事をした。三人それぞれに好きなものをとり、それを三等分して食べた。

先ず、野菜サラダを二皿。

ポーク・ソテーが一、串カツレツが一、この店の名物・洋風かき揚げが一、カレーライスが一、ドライカレーが一、オムライスが一。それに酒を四本のんで、三人とも腹いっぱいになり、勘定がいくらだとおもうだろうか……。

金三千六百四十円である。

「はあ。お客さまがね、おい、おやじ、こんな値段で大丈夫か、なんて心配して下さるんですが、これでも私どもは、幾分かは儲けさせていただいておりまして、ま、一家が何とか食べて暮していけますし、時には、店の改造もできます。そのかわり、材料は、できるだけむだをはぶき、経費を少なくして、お客さまへ還元するというのが、私の、これは性分なんです。うまくて、しかも安い。そういっていただくのが、実によろこばしいですね。ええ、本望です」

と、堀口信夫は、いっている。

私が生まれ育った浅草の町々にも、〔松栄亭〕のような洋食屋が、かならず在って、そうした店の主人には、おもいもかけぬ過去がひそんでいたものである。

私が〔その男〕という小説で書いた杉虎之助なども、その一人であって、幕末の旗本の子息に生まれ、一流の剣客だった彼が、明治から大正へ烈しく転変する時代の中で、小さな洋食屋のあるじとして生涯を終えたわけだが……この〔松栄亭〕の初代店主・堀口岩吉には、明治中期に東京帝国大学が哲学教授としてドイツから招聘《しょうへい》したフォン・ケーベル博士との深いむすびつきがある。

〔ケーベル博士随筆集〕一巻は、私も戦前の岩波文庫で愛読したものだった。

初代は、麹町の有名な西洋料理店〔宝亭〕で仕あげた料理人《クック》だが、ケーベルの専属となってからの或る日。夏目漱石と幸田延子（露伴の実妹で女流ピアニスト）が予告なしにケーベル邸を来訪したことがある。

「何か、めずらしいものを、すぐにこしらえて出して下さい」

と、ケーベルにいいつけられた初代は、突然のことで何の用意もなく、仕方もなしに冷蔵庫の中の肉と鶏卵を出し、小麦粉をつなぎにして塩味をつけ、フライにして出したところ、これが大好評だった。

のちに初代が現在の地で開業をしたとき、これを〔洋風かき揚げ〕としてメニューの中へ加えたについては、そうした由来がある。

二代目の現当主・堀口信夫と、いずれは三代目になる三男の博も〔洋風かき揚げ〕のなつかしい旧東京の味をまもりぬいて行くことだろう。

まったく、この一品の味わいは、私のような東京の下町に育った者にとっては、なつかしいの一語につきる。それでいて、いまの若者たちも〔かき揚げ〕にたっぷりとウスターソースをかけて御飯を食べているのだ。

野菜サラダといえば、ポテト・サラダである。これもうれしい。ロール・キャベツへかけまわしてある熱いソースにも、あるじの入念な仕事が、たちどころに看てとれる。

あるじは、

「近所に、おいしい店もあることですし……」

といって、コーヒーを出さない。

この一語には、あるじの料理と客へ対する考え方が実によくあらわれている深い意味がひそんでいるようにおもわれる。

単に、出された料理を食べるというだけではない。この店の風格を愛して四十年も食べつづけている客がいるそうな。

そうした客たちは、料理のみならず、この店の、

「雰囲気をこわすまい」

として、懸命なのである。

〔松栄亭〕の、うれしい店構えを、あるじも自分勝手に、

「変えることができないんです」

という。

あるじは、築地工手学校を出て、どこかの会社の技師だったものが、会社が倒産した折に、父の業をつぐ決心をしたということだ。

今度、久しぶりに出かけてみると、奥の調理場の一部がカウンターに改造され、三人分の席が設けられていて、店内も小ぎれいになった。

近くの〔藪蕎麦〕で出す酒と同じ〔桜正宗〕で食べるにふさわしい洋食なのである。

外へ出ると、師走の夜風が、さすがに冷たかった。

二人の友人たちは、

「何から何まで……」

「完全に、満足しました」

と、いった。

今度、〔松栄亭〕へ来たとき、私は、ポテト・サラダをみやげに買って帰ろうとおもっている。

そして、夜ふけの腹ごしらえをするとき、やや厚めに切った食パンの中へ、これをたっぷりとはさみこんで食べながら、ビールの小びんを一本のむつもりだ。

私たちは、また〔竹むら〕や〔ぼたん〕がある通りへ出た。

「ちょっと、待って……」

と、友人たちにいい、〔寿司長〕の店先から、ガラス戸ごしに、中をのぞいて見た。

老夫婦が寄り添うようにして出前の鮨をこしらえている姿を、よそながら見たかったのだが、あいにく店の中に人影はなかった。

この店などは、むかし、大晦日の夜に高張提灯《たかはりぢょうちん》をかかげ、明け方まで商売をしていたものである。

実は、数年前の大晦日に、それこそ三十何年ぶりで、この鮨屋へ入ったことがある。

小柄で、おとなしい無口なあるじは、可愛らしげな老爺《ろうや》となり、白髪あたまのおかみさんのほうは、口もよくまわるし、老夫をたすけて、鮨もにぎる。

神保町で買った古書をひろげて見ながら、のんびりと大晦日の酒をのむのにふさわしい店になっていた。

その一時《ひととき》を、いまも私は忘れない。

以前から私の大晦日は、しごく、のんびりとしたもので、それまではいそがしくはたらき、年が明ければ元旦から仕事にかかるのを当然とする生活がつづいているが、大晦日だけは、ぶらりと外へ出て、映画のひとつも見て、どこかで年越しの蕎麦を食べ、ゆっくりと、酒をのむのがならわしとなってしまった。

ちかごろの大晦日には、よく、神田へ足が向く。そうしたとき、年越し蕎麦の客で大入り満員の〔藪〕は敬遠し、私は連雀町の表通りにある蕎麦屋〔まつや〕へ入ることにしている。

ここの店構えも、蕎麦も、むかしの東京をしのばせるにじゅうぶんなのだ。

どんどん焼

新年を迎えたある夜。

久し振りで〔どんどん焼〕をやった。

いわゆる〔お好み焼〕であるが、われわれ東京の下町に生まれ育ったものにとって、この〔どんどん焼〕ほど、郷愁《きょうしゅう》をさそうものはない。

いま、私が住んでいる家は二年ほど前に改築をしたものだが、そのとき、どんどん焼用の大きな鉄板をそなえた食卓をつくり、私が来客に、二十余種類におよぶどんどん焼をつくって食べさせようなどと考えていた。

だが、なにぶんにも敷地がせまく、ついに、夢に見たようなひろい食堂をつくることができず、したがって鉄板つきの食卓も、あきらめざるを得なかった。仕方がないので小さな鉄板をガスコンロに乗せてたのしむわけである。

昭和初期から十年代にかけて、東京の下町のところどころ出ていた屋台の〔どんどん焼」というものは、いまのお好み焼のごとく、何でも彼でもメリケン粉の中へまぜこんで焼きあげる、というような雑駁《ざっぱく》なものではない。

茶柄杓《ちゃびしゃく》のようなかたちをしたものと、大きな鋏《はさみ》と、厚手の「ハガシ」を魔法のごとくあやつり、つぎからつぎへ職人（あえて、そういいたい）が何種類ものメニューを鉄板の上につくり出すのである。

ベースは、いうまでもなくメリケン粉を溶いて鶏卵と合せたものだが、そのほかに牛の挽肉《ひきにく》をボイルドしたものや、切りイカ、乾エビ、食パン、牛豚の生肉、揚玉、キャベツ、たまねぎ、鶏卵、こし餡、支那そば用の乾そば、豆餅などが常備されてい、店によっては、その他もろもろの材料を工夫して仕入れてくる。

メリケン粉の中へ材料をまぜこむのは「牛てん」のみで、これは牛挽肉と日本葱を入れ、ざっくりとまぜ合せて鉄板へながし、焼きあげてウスター・ソースで食べる。いまのお好み焼の大半はこのやり方だが、イカやエビを焼くときは、かならず、メリケン粉をうまく小判型に鉄板へ敷き、その上へ材料をのせ、さらに上からメリケン粉をかけまわして両面を焼くのである。

それに「パンカツ」というのがある。

食パンの両面へ、メリケン粉をぬって焼き、ソースをつけて食べる。

以上の価《あたい》は二銭。

しかし、たとえば食パンの上へ挽肉とキャベツをのせて焼きあげたものは、五銭になる。五銭というと、われわれの一日の小づかいであったから〔パンカツ〕の上を食べると、それだけで、煎餅《せんべい》や大福餅をあきらめねばならなかったが、なんといっても、つくりたて焼きたてのうまさは、子供ごころにもこたえられない。

〔カツレツ〕の上というのは、小判型に敷いた上へ牛や豚の生肉をのせ、この上へメリケン粉をかけまわし、乾かぬうちにパン粉をふりかけて焼きあげたもので、これが十銭。

〔オムレツ〕は、ベースのメリケン粉へ、さらに鶏卵を落して焼きあげ、長方形にたたんでソースをかける。

〔おしる粉〕は、細長く敷いたベースの上へ、これも細長く切った豆餅をならべ、さらに餡をのせ、くるくると巻きあげたのを鋏で小さく切る。そうしておいて、今度は容器を焼きあげるのである。その容器へ切って置いた中身を盛り、黒蜜《くろみつ》をたっぷりとかけまわして出す。これも五銭からあった。

私は豆餅を入れた〔餅てん〕が大好きで、これは二銭。やきそばは、いまのやり方とほとんど同じだが、キャベツと揚玉を炒めた〔キャベツ・ボール〕は、店によって一銭から食べさせたものだ。

　こんなことを書いていたら、切りがないから、もうやめよう。

〔どんどん焼〕の屋台は、平日も町の辻に出ていて、それぞれに特色をほこっていたが、その中でも近隣の町々を圧倒していたのは〔町田〕という屋号の〔どんどん焼〕で、このあるじは、下谷稲荷町で洋食屋をしていたのが、悪いやつに店をだまし取られ、老妻と孫ひとりを抱えて、敢然、屋台車を引張ってどんどん焼やに転向しただけあって、そのプライドもたいしたものであった。

〔町田〕は、当時、東京の町々のどこかに、毎日のごとくひらかれていた縁日へ出る。

わたしが育った浅草永住の町の近くの縁日は、七の日の溝店《どぶだな》のお祖師《そっ》さまに、小学校の同級生・阿部徳男の父君が神主をしている下谷神社で、これは一の日。

〔町田〕は、ここへ出る。そのときでないと、なかなか見つけることができないから、われわれは小づかいをため、縁日の夜をつばをのみのみ、待ちかまえていたものだ。

なんといっても、もとが本格のコックなのだから、牛てんやエビてんのようなポピュラーなものからして、味がちがう。値段は他の店と変らないというので、大人どもも〔町田〕だというと眼の色を変える始末だ。〔やきそば〕なども、ソースでいためる前に豚骨《とんこつ》のスープをそそいで焼く。

ベースのメリケン粉からして、「いったい、何が入っているんだろうな」と、われわれがくびをかしげるほどに、西洋くさい味がして、ふっくらと焼きあがっている。

往年のアメリカ映画の名傍役・エドワード・E・ホートンそっくりの顔つきで、にこりともせずに鉄板へ向っている老いたおやじの手さばきの見事さに、餅てんを食べながら見とれていた私が、おもわず、

「フーム。凄《すげ》えもんだ」

感嘆の声を発したとたん、ホートン先生ぎょろっとふり向き、私を見すえたかとおもったら、折りしも焼きあがった牛てんを一枚、にこりともせずに私の紙の皿へほうりこみ、只一言、

「私の気持だ」と、いった。

さあ、これで私が、すっかり〔町田〕のおやじに惚《ほ》れこんでしまったものだ。

家へ帰って母に、「〔町田〕のおやじへ弟子入りする」と、いった。

「ばか」

母が眼をむいて、怒鳴りつけてきた。

母はすでに「小学校しか出ていないのだから、男の腕しだいで、どうにでも身が立つよう」にと考え、母の従弟が二人も入っている株屋に私を奉公させるつもりでいた

のだから、むろん、承知するわけがない。

つぎの溝店のお祖師さまの縁日で、〔町田〕のおやじに会い、牛肉入りのパンカツレツを食いながら、

「おやじさんに弟子入りをしようとおもったら、母ちゃんがいけねえというんだ」

こういうと、ホートン先生が傍の老妻をかえりみて、

「正ちゃんには、おどろいたね」

といい、私を見て、ふっとさびしげな微笑をうかべ、

「そりゃあ、お母《つか》さんのいうのがあたり前だよ」

「そうかな」

「そうとも」

そして、キャベツ・ボールをまたしてもおまけしてくれたのである。

〔町田〕のおやじの笑顔を見たのは、このとき、たった一度だけであった。

私は、我家のある永住町近辺のみならず、浅草・下谷一帯をどこまでも歩きまわっていた。

あれは小学校の五年生のときであったろう。鳥越《とりごえ》神社の近くに、小ぎれいな〔どん

どん焼〕が屋台を出しているのを見つけ、さっそく、牛てんを食べて見たところ、なかなかいけるのである。

ここのおやじは、細身の躰つきの、三十五、六歳の……といっても、もっと若かったにちがいない。子供の眼でおぼえていることだから……。

とにかく元気がよくて〔町田〕のおやじとは正反対の、子供たちへも愛嬌たっぷりなおやじであって、私が、

「おじさん。これからひいきにするよ」

こういうと、

「ほんとかね。いや、ありがとう、ありがとう。それじゃあ、お近づきのしるしに……」

というので、すぐさまパンカツを一枚、おまけしてくれた。

そのうちに私は、「〔町田〕のほかには、役者のところにする」ときめて、鳥越へ通った。

〔役者〕というのは、その〔どんどん焼〕のおやじの美男ぶりを、近辺のおかみさんたちが、

「どんどん焼には惜しいよ。役者になりゃあいいのに……」

などと、うわさしているのをきいて、私ひとりがおやじを〔役者〕とよぶことにきめこんでいたからである。

「このあたりのおばさんたちは、おじさんのことを役者みてえだとさ」

私がいうと、おやじは見る見る相好《そうごう》をくずし、

「正ちゃん。ほ、ほんとかね？」

「ああ、ほんと」

「おい、パンカツをおまけしよう」

「ありがとう」

というわけ。

あるとき、何気もなく私が、

「じゃがいもの茹《ゆ》でたのを賽《さい》の目に切ってさ、キャベツといっしょに炒めたらうめえだろうな」

そういうや、おやじがポンと手を打ち、

「そいつはいいことを教えてくれた。さっそく、やって見よう」

翌日は、茹でたじゃがいもを用意してきて、さっそくやって見ると、これが大好評なのだ。

さらに私が「じゃがいもをよくつぶして焼いて、まん中へ穴をあけて卵をポンと一つ落し、半熟になったのを食べたらうめえだろうな」というと、おやじは、すぐに

「やろう、やろう」といった。

これも大好評で、大人どもが、よく惣菜に買って行くようになった。ところで、この二つの新しい売物を「何と名づけようか？」と、おやじがいうので、私は即座に前者を〔ポテト・ボール〕とつけ、後者は、おやじが〔鳥の巣焼〕とつけたものだ。

この〔鳥の巣焼〕は、いまも家人に命じてこしらえさせる。

また、あるとき……。

客が私ひとりだったので、私が、

「今日は、自分で焼いて見たいな」

「いいよ。やんなよ」

そこで、私が金五銭を出して、おしる粉をつくったものだ。それを見て、おやじがびっくりして「ふうむ、大したものだ」という。

ま、そのときは、それですんだのであるが、あとがいけなかった。

それから一月《ひとつき》もして、おやじめ、私が行くと、

「ちょっと、店番をしていてくんないか」

と、いい出した。

店番といっても、ただそこにいればよいというのではない。私に焼けるものなら、焼きあげて売ってくれというのだ。そのかわり、自分が好きなものを何でも焼いて食べてくれ、というものだから、私は「よしきた」と引きうけてしまった。

するとおやじは、牛てんだの、カツレツだの、鳥の巣焼だのをぱっぱっと焼きあげ、これを本物の皿へ盛りこみ布巾《ふきん》をかけ、「じゃあ、たのむぜ」とにんまりと笑って、どこかへ行ってしまった。

約一時間ほどして帰って来たが、その間に私は、パンカツや牛てんなど、五人ほどの子供の客をさばいていたのである。

以後、三日か四日目には「また、たのむよ」といわれ、店番を引きうけたが、私が焼くのをけっこうおもしろがって、大人も買ってゆく。

おやじめ、いったい何処へ行くのだろう、とおもっていたが、そこは子供であったから「この近くに、おじさんの友達が病気で寝ているもんだから、それでときどき、うめえのを焼いて持って行ってやるのさ」という〔役者〕のことばをすっかり信じきって、あのおやじ感心な人だ、などとおもっていたのだ。

ところがこいつ、とんだ〔病気見舞〕だったのである。〔役者〕のおやじは、近くに住む人の女房と通じていたのだ。それも、ただの人の女房ではない。あとできいたことだが、なんでも、このあたりの博奕《ばくち》打ちの女房だったらしいのである。

この女房がつれづれなるままに〔役者〕のところへあらわれ、牛てんか何かを焼かせて食べたのがきっかけとなり、美男のおやじを、むしろ女房のほうからさそいこんだものらしい。

ある日。例によって店番をしてやっていると、向う側の路地から若いやくざども三、四人に取りかこまれて、おやじが泣きべそをかきながらあらわれた。

すぐに、私が飛んで行って、

「どうしたんだ、おじさん」

いうと、おやじは恐怖でまっ青《さお》になった顔を引きつらせたまま、声も出ない。

やくざの一人が、やさしい声で、

「坊や。あっちへ行っといで」

と、いった。

「どうするんだ、おじさんを……」

「お前の知ったことじゃあねえ」

「でもさ、ぼくは店番をしてるんだぜ。ちょいと、その手をはなしてやってくんないか」

「うるせえ」

私をどなりつけて、やくざどもは、おやじを何処かへ連れ去ってしまった。

仕方もなく、屋台を近所の人にたのみ、家へ帰り、翌日、学校の帰りに寄って見ると、屋台店も消えていたし、おやじもいない。

そして〔役者〕は、二度と、姿をあらわさなかった。

事情が、おぼろげながらわかったのは、鳥越に住んでいた級友・村田のはなしを、数年後にきいてからであった。

なんでも指をつめられたとか。

「どんどん焼ができないように、右手を切り落された」とかいう。

〔町田〕のおやじと、〔役者〕のおやじ。

この二人は、私が、〔どんどん焼〕をするたびに、どうしてもおもい出さざるを得ない人たちなのである。

小鍋だて

いま、私が小説新潮誌へ連載をしている〔剣客商売〕の主人公で老剣客の秋山小兵衛は、これまでに出合った何人もの人びとがモデルになっているし、やがては、おのれのことをも書きふくめることになったわけだが、その風貌は、旧知の歌舞伎俳優・中村又五郎氏から採った。

つぎに、一つのヒントをあたえてくれたのは、むかし、私が株式仲買店ではたらいていたころ、大変に可愛がってもらった三井老人だった。

三井老人は、私の友人・井上留吉の知り合いで、兜町の小さな現物取引店の外交をしていたが、いかにも質素な身なりをして兜町《しま》へ通勤して来る。どこかの区役所の戸籍係のようで、とても株の外交をしているようには見えなかった。深川の清澄町の小さな家に、二匹の猫と、まるで娘か孫のような若い細君と暮していたが、金はたっぷりと持っていたようだ。

若い井上と私が、六十に近い三井老人と知り合ったのは、長唄の稽古と歌舞伎見物が縁となったのだ。

三井さんは、私たちに気をゆるすようになってから、

「宅へもお寄んなさい」

こういってくれ、それからは、しばしば清澄町へお邪魔をするようになった。

三井さんは長唄の三味線もうまかった。それでいて、他人前《ひとまえ》では決して唄わず、弾かなかった。

私どもが三井さんの腕前を知っていたのは、稽古へ行く場所が同じだったからである。

さて、いつのことだったか、よくおぼえてはいないが……。

二月に入ったばかりの寒い夜、私は深川で用事をすませた後に、おもいついて三井さんの家を訪ねた。

三井さんは、お客のところから帰って来たばかりで、長火鉢《ながひばち》の前へ坐り、晩酌《ばんしゃく》をやっていた。

「ま、おあがんなさい。家のは、いま、湯へ行ってますよ」

「かまいませんか」

「さ、遠慮なしに……」

長火鉢に、底の浅い小さな土鍋がかかってい、三井さんは浅蜊のむき身と白菜を煮ながら、飲んでいる。

この夜、はじめて私は小鍋《こなべ》だてを見たのだった。

底の浅い小鍋へ出汁を張り、浅蜊と白菜をざっと煮ては、小皿へ取り、柚子をかけて食べる。

小鍋ゆえ、火の通りも早く、つぎ足す出汁もたちまちに熱くなる。これが小鍋だてのよいところだ。

「小鍋だてはねえ、二種類か、せいぜい三種類。あんまり、ごたごた入れたらどうしようもない」

と、三井さんはいった。

このような、しゃれた小鍋だてではないが、浅草には〔三州屋〕とか〔騎西屋《きさいや》〕とかいう大衆食堂があって、小さなガス台の上に一人前用の銅や鉄の小さな鍋をかけ、盛り込みの牛なべ、豚なべ、鶏なべ、蛤《はま》なべなどがあり、早熟な私は小学生のころから、二十銭ほど出して、

「蛤なべに御飯おくれ」

などといっては、銀杏《いちょう》返しに髪を結った食堂のねえさんに、

「あら、この子、なまいきだよ」

と、やっつけられたこともある。

下町の子供は、何でも、

「大人のまねをしたがった……」

のである。

だが、そうした食堂の小鍋は、どこまでも一人前という便宜から出たもので、中のものを食べてしまえばそれきりだ。

三井さんのは、平たい笊《ざる》の上へ好きなだけ魚介や野菜を盛り、それを煮ては食べ、食べては煮る。

（いいものだな……）

つくづく、そうおもった。

おもったがしかし、当時の私は、まだ十代の若さだったから、小鍋だてをたのしむよりも、先ずビフテキだ、カツレツだ、天ぷらだ、鰻だ……というわけで、われから、

（やってみよう）

とは、おもわなかった。

三井さんも、また、

「こんなものは、若い人がするものじゃあない」

苦笑して、強いてすすめようとはしなかった。

ところが、四十前後になると、私は冬の夜の小鍋だてが、何よりもたのしみになってきた。

五十をこえたいまでは、あのころの三井さんのたのしみが、ほんとうにわかるおもいがしている。

小鍋だてのよいところは、何でも簡単に、手ぎわよく、おいしく食べられることだ。そのかわり、食べるほうは一人か二人。三人となると、もはや気忙《きぜわ》しい。

鶏肉の細切《こまぎ》れと焼豆腐とタマネギを、マギーの固型スープを溶かした小鍋の中で煮て、白コショウを振って食べるのもよい。

刺身にした後の鯛や白身の魚を強火で軽く焼き、豆腐やミツバと煮るのもよい。

貝柱《ハシラ》でやるときは、ちりれんげで掬《すく》ったハシラを、ちりれんげごと小鍋の中へ入れて煮る。こうすれば引きあげるときもばらばらにならない。

これへ柚子をしぼって、酒をのむのは、こたえられない。

むろん、牡蠣《かき》もよい。

豚肉のロースの薄切りをホウレン草でやるのも悪くない。つまり、小ぶりの常夜鍋というわけ。

材料が変れば、それこそ毎晩でもよいし、家族も世話がやけないので大いによろこぶ。

だから私は、いわゆる〔よせ鍋〕とかいって、魚や貝や鶏肉や、何種もの野菜や豆腐などを、ごたごたといっしょに大鍋で煮て食べるのは、あまり好きではない。

それぞれの味が一つになってうまいのだろうけれど、一つ一つの味わいが得られないからだ。

大根のよいのが手に入ったときは、これを繊切《せんぎ》りにして豆腐と共に煮る。そのとき、豚の脂身の細切りをほんの少し入れ、柚子で食べるのも悪くはない。

いずれにせよ、三井老人がいったように、二種類か三種類。ゆえに牛肉のすき焼をするときも、私は葱をつかうだけだ。豆腐もシラタキも入れない。

鍋の種類によっては、おしまいに出汁を紙で漉し、これを熱い御飯にかけまわし、さらし葱のきざんだのを少し入れて食べる。

三井老人は深川が戦災を受けたときに亡くなったそうな。

蕎麦

むかしもいまも、子供たちにとって蕎麦のもりやかけは、

「あまり、うれしくない……」

食べものといってよいだろう。

ところが、むかしの東京の下町に住む大人たちにとっては、何かにつけて蕎麦だった。湯屋の帰りにも、待ち合せにも、外出の途次、足やすめに立ち寄るのも、蕎麦屋が多かった。

つまり、いまの人たちがコーヒーをのむように蕎麦屋を利用した。

私なども幼少のころから、曽祖母や祖父、また父などに連れられて、よく蕎麦屋へ行ったものだが、同じ御馳走になるなら、カツライスかシューマイ御飯か焼飯のほうが、どれほどうれしかったか知れない。

したがって、子供のころは、蕎麦屋へ連れて行かれて、

「好きなものをおあがり」

そういわれると、先ず、カレー南ばんである。カレー丼《どんぶり》である。かき玉うどんである。鍋焼うどんである。そうしたわけで、私たちが住む町だけでも、蕎麦屋は何軒もあった。

来客にも、職人の三時にも、引越のあいさつにも、初夏と年の暮れの大掃除の後にも、蕎麦の出前だった。

（また、蕎麦か……）

と、子供たちはやりきれないのだが、出前持ちが自転車に乗り、片手で身の丈ほども積みあげた注文の蕎麦の山をささえてあらわれるのを見るのは、まさに驚異だった。

「へい、お待遠さま」

出前持ちが家の中へ入って来ると、せまい部屋の中に、ぷうんと蕎麦の香りがただよう。これだけは、子供ごころにいいとおもった。

私の家からも近い、下谷・竹町の電車の停留所前にあった〔万盛庵〕は、小学校の同級生・山城一之助の家で、ここの蕎麦だけはうまいとおもった。

曽祖母が、喧嘩に負けて帰って来た私を連れて〔万盛庵〕へ行き、私にはカレー南ばん、自分はもりをすすりこみつつ、

「負けて帰って来るやつがあるものか。さ、これから敵討《かたきう》ちをしておいで」

「勝ったら、カツライスをおごってくれる？」

「ああ、おごろうとも」

曽祖母は、お浜といい、むすめのころは大名家の侍女をしており、殿さまの御袴《おはかま》をたたむのが受け持ちだったそうな。

明治維新の折の、上野の戦争では、本郷だか小石川にあった殿さまの屋敷内へ、上野山内から彰義隊の一人が逃げて来て隠れていたところ官軍に見つけられて斬り合いになったのを目撃している。

曽孫の私を大層、可愛がってくれ、私が喧嘩に負けて帰って来ると、

「うちの正太郎を苛《いじ》めたやつは、だれだ？」

外へ出て、大声を出すものだから、母は閉口《へいこう》したらしい。

さて……カツライスにつられた私が木刀をつかんで出て行き、相手に仕返しをしてもどると、

「また、私の巾着《きんちゃく》が軽くなる」

などと、こぼしながら、カツライスの代金二十銭を私にわたしてよこすのだった。

蕎麦は、日本の奈良朝以前から植栽されており、米・麦の助けに充《あ》てられていたわけだが、長い戦国時代が終って江戸時代へ入ると、先ず蕎麦屋ができたし、太平洋戦争後の町の、闇商売ではない食べもの屋の中で最初に復活したのも蕎麦屋だった。弁当を持たずに町へ出て、蕎麦が食べられるようになったという、この一事を私たちは心強くおもった。これなら何とか、日本も東京も復興できるのではないかと感じたものだ。私が蕎麦を好むようになったのは、このときからといってよい。いまは蕎麦も高くなってしまい、店によっては、カツライスのほうで頭を下げなくてはならない。

また、このところ、蕎麦の人気は上昇してきて、若者たちも好むし、いろいろなかたちの店も増えた。

浅草の〔並木〕と浜町の〔藪〕二店、日本橋・室町の〔砂場〕もよいが、私が、もっともなつかしくおもって通うのは、神田・須田町の〔まつや〕である。

店構えといい、店内の雰囲気といい、蕎麦道具といい、むかしの東京の蕎麦屋そのものだ。

ここへ来ると、私は〔万盛庵〕をおもい出し、いまも元気でいる級友の山城一之助や、その両親の顔までも脳裡に浮んでくる。

彼は家業を継いでいないが、当時のことを語り合って、

「いや、たしかに〔万盛庵〕はうまかった」

　などと、いおうものなら、

「だから、ずいぶん遠くから食べに来たものね」

　と、胸を張る山城一之助である。

〔万盛庵〕の店の片隅の畳敷きの入れ込みで、運ばれてきた天ぷら蕎麦が冷えてしまうのに箸もつけず、泪《なみだ》ぐんでうつむいたままの女へ、ちびちびと酒をのみながら、さも面倒くさそうに何かいっている男。薄暗い顔つきの中年男が何枚かの札を押しいただき、むずかしげな顔をしている相手の老人へ何度も頭を下げたりしている光景などを、子供の私は、いっぱいの好奇心でながめていたものだ。

　ところで。

　いまはやっていないが、六、七年前までは、須田町の〔まつや〕へ行くと、注文で酒もみの太打の蕎麦を出してくれた。

　これこそ、江戸のころの蕎麦の、一つの形態をしのばせるに足るものだった。

〔まつや〕は、気取った店ではない。

　手打ちのもりもかけも、むろん、うまいけれど、カレー南ばんもあればカレー丼も玉子丼もある。

丼ものがうまいのは、米がうまい。炊き方がうまいからだ。

そうなると、車海老の揚げたてをつかった天ぷら蕎麦や天丼がうまいのは当然ということになる。ゆえに、安価なイカのかき揚げ丼もうまいわけだ。午後の、客がたてこまぬ時を見はからって行き、先ず、やわらかい〔鳥わさ〕で酒をのむ。

酒器は白一色。これでこそ、蕎麦屋で酒をのむ気分になれる。そして、この店は〔たいめいけん〕同様、開店から閉店まで、いま流行の休憩をしない。これでこそ東京の店である。

天もりの蕎麦道具や盛りつけの、きっぱりとした清々《すがすが》しさもよい。

この店には〔鰊《にしん》の棒煮〕などという肴もあるが、近ごろ、主人が近所へ出した店でつくるシューマイが、これまた、むかしの東京の味で、大分に研究したものとみえる。〔まつや〕で蕎麦にしたときは、車海老の天ぷらのみやげを買ってきて、家の夜食に天丼をつくる。

これも、みやげのシューマイを熱々に蒸して朝飯のおかずにする。

私にとっては、まことに、たのしい店なのだ。

それに、店の少女の店員が、いずれも初々しく親切なことが、さらに、この店へ行く気分をそそるのである。

小鰭の新子と秋刀魚

私の〔三年連用当用日記〕の八月一日の項には、

「八月三十日前後、コハダの新子《しんこ》」

と、記してある。

三年連用の日記だから、来年の、まだ未記入の八月一日の項にも、忘れぬように同じことが書いてある。

そして、八月の末から九月のはじめにかけての項を見ると、毎年、必ず、なじみのすしやへ行き、

「小鰭《こはだ》の新子、イカの新子を食べる」

と、書いてある。

すしに握る小鰭が成長すると鰶《このしろ》になるわけだが、この魚のにおいは一種特別のものがあって、すしやでの小鰭は酢魚の入門であり、また卒業でもあるといわれている。

いまは、マグロのトロなどが、すしの花形になってしまったけれども、百何十年も前に、江戸で握りずしが創られ、評判となったころは、小鰭が花形だったといえよう。

粋な恰好《かっこう》の鮨売りが、

「すしや、すし。コハダのすし」

と、売り声をあげてながしたものだが、こうしたすしは、大きな店がこしらえ、売り子を出したものであろう。

価は一個四文だったそうな。まず、普通の菓子一個と同値だ。

やがて、幕末のころ、本所に〔与兵衛鮨〕という店ができて、それまでは呼び売りや屋台専門だったすしに箔《はく》がついたのである。

主人《あるじ》の花屋与兵衛は、さまざまな握りずしを考案したらしいが、たとえば海老やイカ、白魚などの淡白な味のものを握るときは、みじん切りの干瓢《かんぴょう》やシイタケ・もみ海苔などを、まぜ合せた飯の上へのせて握ったというから、握りずしもなかなか贅沢になってきて、こうなると価も六文から八文、ものによっては一個十文もとるようになった。

こうした初代の与兵衛の創案は、たとえばいまも、東京風の〔ちらし〕などに、あきらかに残っているのである。

さて、小鰭だが……。

初風が吹きはじめる、ほんの数日の間、その新子がすしやに登場する。

わざわざ、三年連用の日記に記しておいて、

(食べはぐれないように……)

と、おもうだけに、その旨さは何ともいえない。

特有の臭みもまだついていない、若い魚の舌ざわりのよさ。白銀《しろがね》色の黒胡麻を振ったような肌皮の照りも清々しく、

「もう一つ、いいかね？」

職人にたのむと、

「いまは、もう、コハダの新子なんて御注文は、ほとんどありません。遠慮なく召しあがって下さい」

と、いう。

すしやに出まわるのは、ほんの数日の間だけだから、その旨さを知っている人でも、いそがしくはたらいていれば、つい忘れてしまう。

となれば、どうしても何らかのかたちで、忘れぬようにしておかねばならない。

その点、三年連用の日記は便利だ、小鰭の新子のみならず、年月を経て尚、忘れて

ならぬことを記しておくにもよい。

同じころには、イカの新子も、すしやに出る。これまた旨くもあり、すぐに姿を消してしまう。

初秋ともなれば、いよいよ秋刀魚《さんま》の季節だ。

毎日のように食べて飽きない。

若いころは、どうもワタが食べられなかったものだが、いまは、みんな食べてしまう。

むかしは安くて旨い、この魚が私たちの家の初秋の食膳には一日置きに出たもので、夕暮れとなって、子供だった私たちが遊びから帰って来ると、家々の路地に秋刀魚を焼く煙りがながれ、旨そうなにおいが路地にたちこめている。

佐藤春夫に、有名な秋刀魚の詩があるけれども、むかし、詩人の卵だった或る青年が、子供の私をつかまえて、

「ぼくはね、正ちゃん。どうしても、秋刀魚のワタが食べられないので劣等感をおぼえるよ」

などと、なさけない顔つきでいったのを、いまもおぼえている。

秋刀魚は塩焼きにかぎるが、戦前に浅草・千束町の小料理屋で、

「ちょいと、旨いもんですよ」

と、秋刀魚飯を出されたことがある。

いま、よくおぼえていないが、秋刀魚を蒲焼のようにしておいて、釜飯用の小さな釜の飯がふきあがったところへ入れて炊く。

そして、私たちの前へ出すとき、手早く飯とまぜ合せ、もみ海苔をかけて出してくれた……ようにおもう。

旨かったおぼえがあるが、これは、ちょいと家庭ではできない。できぬことはないが、うまくあがるまい。

いつまでも、いぶれる炭に秋刀魚焼く　刀水

子供の私が、祖母に、

「何だえ、お前さんは。秋刀魚のワタを残してもったいないじゃあないか」

などと叱られるころ、夏からこのときまで、氷水で商売をしていた店が本来の焼芋屋に変る。

「それっ」

というので、私たちは駆けつけるわけだが、大カマドのようなものへ、サツマイモをびっしりとならべ、塩を振って大きな蓋をするのを、唾《つば》をのみこみながら見まもっていたものだ。

芋を焚火で焼くのもよいが、どうしても専門の焼芋屋にはかなわない。

子供のころ、一時、谷中《やなか》の伯父の家へ預けられていたことがあって、私が小学校から帰って来ると、女中のかねちゃんが、

「正ちゃん。たのみますから、ヤキイモ買って来て」

私にたのみ、伯父夫婦の留守をさいわい、かねちゃんは湯殿で焼芋を食べていた。

むろん、私にも半分くれた。

新聞紙の袋に入った焼芋を買って帰る秋の夕暮れの道を歩みながら、

（もう直《じ》きに、お正月が来る……）

子供ごころにも、しみじみと、そうおもった。

そして、無花果《いちじく》や石榴《ざくろ》の実も秋のものだが、いまの子供たちは、こうした秋の果実を口にすることもないようだ。

江戸風味の酒の肴

いうところの〔江戸前〕とは、すなわち江戸の前の海……江戸湾ということで、申すまでもなく現代の東京湾で獲れる魚介をさす。

江戸湾には隅田川や神田川がながれ込んでおり、その川水と海水とが混じり合った特殊な水質に育まれた魚介は、独自の味わいをもっていたのである。

同じ鮃《ひらめ》にしても、江戸湾で獲れたものと、銚子の沖で獲れたものとは、まったく味がちがっていたそうな。

青鱚《あおぎす》、鱸《すずき》、黒鯛、カレイ、セイゴ。それに蛤《はまぐり》、シャコ、カニなど、私が子供のころには、まだ江戸前の名残りが、かなり残っていたものだが、いまの汚染されつくした東京湾では、海苔もとれない。

私が子供のころ、午後になると、カニ、シャコなどを東京の下町へ売りに来た。それをお八つにして食べたものだ。

いずれにせよ、江戸前の魚介は新鮮だったのだから、酒の肴には、あまり手を加えぬ。

鱚などは、風通しのよい場所で陰干しにしたのを、さっと炙《あぶ》る。

鱸は、洗いや塩焼にしたり、酒をふりかけておいて蒸したりする。

しかし、交通や冷蔵が今日のように発達していなかったのだから、遠い海から運ばれて来たものは、さまざまに手を加えなければならなかったろう。

江戸前は新鮮ゆえ、手早く、さっさと調理をして口にする。

江戸っ子は気が短いのだ。

黒鯛は刺身、切身の塩焼、アラは、さっと煮つける。

貝類は、葱をつかって鍋にもする。

大根、葱などの野菜も、むかしは、関東らしい味わいがあった。

大きな料理屋の料理は別にして、たとえば昭和初期の、浅草の小料理屋などでは、客が来ると、酒と共に、ぱっぱっと即席の肴を出しておいて、つぎに小さなお椀《わん》で葱と鶏の皮の熱い吸物を出したりする。この吸物で酒の味が、たちまちによくなったりするのだ。

その手ぎわのあざやかなことは、いうまでもない。

徳利も盃も白一色のがよい。民芸風の厚ぼったい器物では、江戸前の肴が死んでしまう。

焼海苔をワサビ醤油で出しても、酒の肴になる。

合鴨と葱を炒《い》りつけながら、のむのもよい。

ともかくも、さっぱりと手早く調理をして出す。これを味わう方も「待っていました」とばかりに箸をつける。

だらだらとのみ、長々と食べていたのでは、これまた江戸前の魚介が泣いてしまうことになる。

意気込みで調理し、意気込みで口にするのだ。

当世豆腐考

豆腐が創製されたのは、中国の漢時代のことというから、いまから二千年以上も前のことになる。

豆腐の製法が日本に伝わったのは奈良時代で、ずいぶんと古いことだ。

豆腐は、水につけこんだ大豆をすりつぶし、これを煮立てて滓《かす》をのぞき、できあがった豆乳にニガリを加えてかためるという、いたって簡単な製法なのだが、それだけに、これを作る者の技術の差が微妙に作用する。

日本の豆腐が中国のそれをこえて、すぐれた食品になったのも日本人の鋭敏な感能があったからこそであろう。もっとも、現代は味が落ちたかわり値も上った。

江戸時代の小咄《こばなし》に、

「豆腐は栄養があっておいしいが、一つの難がある。それは、あまり値が安すぎるからばかにされるのだ」

というのがあるが、それもいまは夢物語となってしまったようだ。

豆腐の料理については数え切れず、春夏秋冬、いずれの季節にもぴたりと似合った料理ができる。

これから春がすぎ、夏になれば、むろん、もっとも単純な食べ方として〔冷奴〕ということになる。冷奴とは、まことにシックな名だ。だれがつけたものか、わからない。

およそ一寸角に切った豆腐を〔やっこ〕と呼ぶのは、江戸時代の槍持奴などが着ている制服の紋所の連想から生まれたものだ。

夏の夕餉《ゆうげ》の膳にのぼる冷奴の涼味は、冷房もない戦前の、私どもの生活に、しみじみと夏の到来を思わせたものだ。

生醤油へ、すこし酒をまぜた附醤油に、青紫蘇《あおじそ》と晒葱《さらしねぎ》の薬味で私は食べる。餡かけ豆腐は冬のものだが、私は冷やした餡かけ豆腐を作らせ、夏によく食べる。

しかし、湯豆腐にしろ、冷奴にしろ、あくまでも季節を尊ぶ食べものだけに、器だけは似合いのものをえらびたい。

豆腐は、季節の魚介や野菜と、よく似合う。これほどに、だれとも仲良しになれる〔男〕もすくないのではあるまいか。

チキンライス

東京の下町に生まれ育った私など、幼少のころに口へ入れた洋食というものは、近所の洋食屋のカツレツかカレーライスか、たまさか母親につれて行かれる上野・松坂屋のお子様ランチぐらいなものであった。

さて、この〔お子様ランチ〕なるものに、かならず型でぬいたチキンライスがそえてあったものだ。いまもそうらしい。

ところが私は、このチキンライスが大きらいであった。

トマトケチャップの匂いが、どうにもきらいだったのである。

旧制の小学校を出て、すぐさま兜町の杉一商店（これからも株屋時代のことを書くときは、すべて仮名をつかうことにする。いろいろと、さしさわりもあるので）へ入り、そのときから私の株屋暮しがはじまるわけなのだが……。

戦前の株屋が、どのようなものであったか、知る人ぞ知るであって、つとめている店には内密で、私も十七歳のころから友だちといっしょに相場をやりはじめたものだ。

それはもう、こんなに結構な商売はなかった。

母が、

「学歴のない者は株屋にかぎる」

といったことばを、私は、つくづくと、

(そのとおりだ)

と、おもい返さずにはいられなかった。

小僧の身分にしては、分不相応の金が入る。

むろん、われわれのする相場なぞ、大したことはないのだが、それにしても、十六、七から海軍にとられるまで、私は、その四、五年間が十年にも十五年にも匹敵するほどの毎日を送ることができた。

「あのころに、お父さん(私のこと)がすこしでもお金をためていれば、いまごろは家の十軒も建っていたのに……」

と、よく老母がいう。

そのくせ、母は、

「一文も、私に入れたことがない」

という。

　まことに、奔放《ほんぽう》自《じ》堕落《だらく》をきわめたものであって、自分の店では、まじめ顔につとめていたけれども、いま、そのころの私をおもい返すと、冷汗がふき出してくる。だがしかし、その冷汗が、いまの私の、時代小説を書く職業に、どれだけ役立っていることか……。

　おもえばしあわせなことだというよりほかはない。

　こういうわけで、株屋になってからは、ずいぶん諸方の洋食を食べ歩いたけれども、私がいちばん好きだった昭和通りの〔味の素ビル〕の階上にあった〔レストラン・アラスカ〕でも、トマトの匂いのする料理は、いっさいうけつけなかったものだ。

　やがて戦争となった。

　私は、召集令状をうけとったとき、株屋から徴用《ちょうよう》をうけ、K製作所の旋盤《せんばん》工となってい、折りしも岐阜県・太田へ出張し、その土地の徴用工たちへ旋盤を教えていたのである。

　海軍の召集であったから、横須賀海兵団へ入団するまでに約半月のゆとりがあった。そこで私は太田を出て、先ず飛騨へ遊びに向った。高山の手前の古川の旅館〔蕪《ぶ》水《すい》亭《てい》〕に一泊した。この宿で、当時、私が泊った〔離れ〕がそのままにいまも残っている。三年ほど前に訪れて、久しぶりに、その離れの炉端《ろばた》で熱い朴葉《ほおば》味噌で酒をのんだのである。

翌日。ふりつもる雪の中を飛騨・高山へ出た。

宿は遊廓。伎《おんな》たちが私の千人針を三日でつくってくれた。

そこを根城にして、私はわらの雪沓《ゆきぐつ》をはき、積雪の高山を歩きまわったものだ。

そのときの、雪と氷柱《つらら》に埋もれつくした高山の町の姿が、いまも夢のように美しく浮んでくる。戦後も数回、高山をおとずれている私だが、あのときの雪の高山は、まるで別の国の、別の町のような気がしてならない。

雪の中を歩きまわって疲れると、私は、伎が教えてくれた〔アルプス亭〕という洋食屋へ行った。

なにしろ当時は、もう食糧が不足していて、好ききらいなぞいってはいられなかったが、高山の町には、なぜか鶏肉が豊富であった。

〔アルプス亭〕のメニューは、チキンライスとコーヒーとスープのみ。

そこで仕方なく、チキンライスを食べたのだが、おもわず、

「うまい!!」

と、叫んだ。

それはそうだろう。もうなんでも口へ入るものなら、うまかった時代なのである。プリプリと歯ごたえのある鶏肉がたっぷりと入り、トマトケチャップで熱く香ばしく炒めた飯を、あたたかく燃えているストーブの傍で食べるたのしさ、うまさ、うれしさというものは、たとえようもなかった。

以来、私はチキンライスが大好物となった。

ことに、旅へ出ると、毎日でもよい。

同行の人びとが、

「またですか」

と、笑う。チキンライスなぞ、子供が食べるものとおもっているにちがいない。レストランで、いろいろ香料をまぜ合せた上等のチキンライスよりも、私は、トマトケチャップだけで炒めたやつを、田舎の食堂などで食べるのが好きだ。土佐の佐川の町の食堂で食べたチキンライス。上州・沼田の町外れの飯やの小母さんがつくってくれたチキンライス。信州・松代の町の、そば屋にあったチキンライスなど……それぞれにおもい出のふかい味を残してくれている。

それにしても、だ。

ひっきょう、われわれが食べる物の好みには、人それぞれの心情が強く深く影響していること、これは事実だ。

それぞれに好む食物、料理などから、その人たちの心情を、ひそかに察して見るのはたのしいことでもある。

ところで私は、東京にいるとき、あまりチキンライスを食べない。

旅の空の下で、チキンライスは、私と切っても切れないものになるのである。

東京の下町

こころみに、手もとにある辞典で〔下町〕という語句を引いてみようか。

①町のうちの低地の部分で、商工業が行われる地区。山手に対する呼称。②特に東京都東部一帯の低地の通称。浅草・上野・日本橋・銀座などの繁華街がある。江戸時代からの商工業地区で、いわゆる江戸っ子は本来ここで生まれ育った人をいう。

と、ある。

これだけでは概念にすぎないが、さらに、これを煮つめれば、下町は庶民の住む場所というイメージになろう。

明治維新後の東京の山手は、それまでの武家地へ、諸官庁や、新政府によって成り上った諸国の人びとがあつまり、貴族になったり、軍人になったり、官僚や政治家になったりした。

そうして見ると、

「いわゆる江戸っ子は、本来、下町に生まれ育った人をいう」

とある辞書の簡略な記述に、うなずけぬこともない。

俗に「三代つづかなくては、江戸っ子ではない」などというが、これは江戸であろうが大阪であろうが、金沢であろうが何処であろうが、みな同じことであって、習俗も季節も、それぞれ異なる土地に住みつき、その土地の生活が、しっくりと身にそなわるまでは、やはり、三代はかかるという意味なのであろう。

国は小さいが、北から南まで、多彩をきわめる日本の風土は、二百何十年にわたった封建時代によって、それぞれに特殊な風俗と文化をつくりあげた。

江戸が、徳川将軍の城下町としての性格をもち、それが独自の風俗を生み出したことは、いうをまたない。

それが現代になって、交通・経済の目まぐるしい発達により、いまや、東京も大阪も金沢も同じ風俗と生活に単一化しつつある。

〔庶民〕という言葉も、いまは実感をともなわぬ。

テレビが一つあるか、三つあるか、または部屋数が少ないか多いか。自動車があるかないか……およそ、それほどの相違だけで、会社員も職人も社長も大臣も、女優も主婦も、すべてが電化生活を送り、大差ない食料を口にし、日本の各地へ、諸外国への旅行をたのしむ。

ただ、第二次大戦に破壊されなかった町には、むかしの人びとの生活がしみついた〔家〕と〔道具〕が残されてい、この二つのものが、そこに暮す人びとに複雑で微妙な影響をあたえる。

その代表が、京都であろう。

これとても、フランスのパリと同様に、とどまることを知らぬ現代文明の侵入によって、姿を変えつつある。

たとえば、ここに、むかしの火鉢が一つあるとしよう。

冬になって、火鉢を出し、炭火を起し、むかしの暮しを想い出そうとしても、住んでいる町には炭屋もない。

若い夫婦が月給にふさわしい部屋を借りようとすれば、その部屋代は安くとも浴室がついていない。それなら銭湯へ行こうとおもえば、すでに町の銭湯は激減するばかりなので、場合によってはバス代をはらって銭湯へ出かけることになってしまう。

住居費と収入とのつり合いが、このように奇妙なものとなってしまったことを看ても、以前、私どもがつかっていた〔庶民〕という語感は薄れつつある。

近い将来に、時代は、また激しく変って行くであろうが、いまのところ、日本は退屈な単一化を目ざしてすすむだけなのだ。

しかし、東京にも、むかしの下町の姿が全く消えてしまったかというと、まだ消えつくしてはいない。

先にのべたように、江戸から東京となったこの都市へ、何代にもわたって住み暮してきた人びとには、他に故郷がない。

私なども、両親の先祖は富山・千葉の両県だが、それぞれ天保のころから江戸に住みつき、私までつづいているので、いま、たとえば先祖が出生した土地へ行ってみても、だれ一人、知っている者とてないわけだ。

ゆえに、戦災を受けて灰になった自分たちの町へ、その大半が終戦後に帰らざるを得ない。

たとえば、私が生まれ育った浅草の或る町など、いまも、むかしのままの人びとがむかしのままの場所に住み暮している。

そして、こういう人びとが、東京の下町の習俗を、わずかにつたえ残していることになる。

まして、わずかに焼け残った家と道具をもつ人びとは、押し寄せる破壊化の中で、最後の最後まで、むかしの下町の暮しをまもりぬこうとしている。

或る幼女が、祖父に、

「おじいちゃん、牧場を買ってちょうだい」

と、いった。

「牧場なんか買って、どうする？」

「牛を飼うの」

幼女は絵本か何かで牧場の絵を見たのであろう。

「牛は大きくて、飼うのに大変だよ」

すると幼女が、

「だって、犬《ワンワン》ぐらいでしょ」

そういったというのだ。

この幼女にかぎらず、東京の下町には牛も馬も見たことがない子供たちがいる。

むかしの下町には牛も、馬もいた。

夏の夕暮れには、蝙蝠《こうもり》が飛び交い、近くに川がながれていれば、蛍《ほたる》も飛んだ。

私なども、上野の不忍池のあたりで蛍をつかまえてきて、蚊帳《かや》の中に放したりした。

蚊遣りの香ばしい匂いがこもる部屋の闇の中で、祖父と祖母の寝息がきこえる。

そして、青い蚊帳の中で、三つ四つと、小さな光りが明滅しながらただよっているのを、子供ごころにも夢心地に見とれていたものであった。

下町の子供たちのたのしみを書きつらねていたら、もう切りがない。

夏休みが来ても、東京をはなれて何処かへ行きたいなどと、おもったことは一度もない。

下町には野原もあり、いたるところに広い材木置場があり、映画館・芝居小屋・寄《よ》席《せ》などが、それぞれの町にあったし、子供が親からもらう小遣いを貯めたり、つかったりすることによって、大人のまねがいくらでもできた。

(何をして遊ぼうか……?)

と、選択に迷うほど、たのしみが豊富だったのである。

玩具《おもちゃ》などというものは、みんな、自分でつくってしまった。

切り出しや、鋸《のこぎり》・鉋《かんな》を家から持ち出し、木や竹を使って、竹馬も木刀も水鉄砲も、みんな自分でつくったものだ。

手と足と頭のはたらきで、子供たちは、際限もなく、自分のたのしみをつくり出すことができた。

夏の夜は、通りも道も、町の人びとの〔サロン〕になってしまう。

大人たちは一日の労働の汗をながしてから、道へ縁台を出し、世間ばなしに興じたり、将棋をさしたりする。

高層建築がほとんど無かった町に、涼風はおもうままに吹きぬけ、冬の空地では子供たちが焚火で芋を焼いた。

そして、日本橋や銀座・浅草・上野などの大きな商店街を別にして、下町のたたずまいには何の飾り気もなかった。

人びとは、よほどの用事がないかぎり、自分が住み暮す町から、めったに出て行かなかった。

ゆえに、町の商店も食べもの屋も、なじみの人びとを相手に商売をし、仕事をしたのである。

看板も飾り窓も、ほとんど必要がないほどであった。

その、つつましい、落ちついた看板や飾り窓がいまもわずかに、下町の片隅に残っている。

そして、諸方の祭礼や紋日《もんび》には、むかしの下町の風俗や物売りなどが、眠りからさめてあらわれる。

現代の若者たちも目をみはり、興奮する。むかしを知らぬ若者たちの体内にながれていた日本人の血がさわぎ出すのであろうか……。

地方のことはさておき、むかしの東京で、一所懸命にはたらいている者は、飢えることがなかった。

東京という町が、飢えさせなかった。

となり近所が〔助け合う〕ということは、ほとんど無意識のうちにおこなわれた。

大きな団地やマンションに、これまでは見も知らなかった人びとが寄りあつまるのとは、まったくちがう。

その家の二代も三代も前から知り合っている人たちのあつまりが下町であった。

私の母などは、女手ひとつに二人の男の子を育てつつ、はたらいていたわけだが、

そうした女は無数にいて、これを無数の人びとが何気もなくたすけてくれたのだ。

下町の子供たちは小学校の義務教育を終えるや、十三か十四ですぐに、世の中へ出て行った。

これが当り前のことであって、私の老母は、

「子供たちの教育費なんてものは微々たるもので、まったく、暮しのさしさわりにはならなかった」

と、いう。

貧乏の中に、活気がみなぎってい、すこしも他人をうらやまなかった。

人びとのこころとこころは暖く通い合っていながら、その奥底へは決して立ち入ろうとはしなかった。

立ち入らなくとも、たがいに、わかり合っていたのだ。

〔人情〕というものは、いまでいう〔連帯感〕のことなのである。

むかしの下町の暮しは、情感が生まれるようにできていた。

それは、江戸時代からの町の伝統や風俗が、まだまだ色濃く残っていたからであろう。

そして、破壊されつくした東京の片隅に、それらのものが尚も微かに息づいているのを見るとき、むかしの東京人《びと》は、ほっと安堵《あんど》のためいきを吐くのである。

三階の「袖」の席

むかしの、東京の下町に住み暮していた者にとって、芝居見物……それも歌舞伎は、生活の一部になってしまっていた。深川あたりの泥鰌屋などでも、一日の労働を終えた男たちが酒をのみながら、

「来月の歌舞伎座は六代目（菊五郎）だなあ」

「うむ、切符を早く手に入れておかないといけねえ」

などと、語り合っていたものだ。

私なども、小学生のころから、

「たのむよ」

と、母にいわれ、歌舞伎座へ翌月の芝居の切符を買いに行ったものだ。

ときには小学校を休み、朝早くから出かけて前売りの切符売場の前から延々として歌舞伎座の裏手まで並んでいる人たちにまじり、何時間も待って、母と私の切符を手

に入れるのだった。

私たちが観る場所は一等席ではない。三階席だ。三階も、前と後ろの二つに別れていて、ほとんどの人は中央をねらって買うが、私は花道の上の、私たちが「袖」と呼んでいる席の、舞台ぎわの前列をねらった。

この席は、舞台を斜め上から見おろすことになるので、他の人たちは観にくいとおもうらしく、長い長い行列が、いよいよ自分のところへ来ても、二つ三つの席はかならずとれた。

舞台を正面から観ることは出来ぬが、そのかわり、花道へかかった役者たちを、間近に見おろすことができる。

少年だった私は、六代目菊五郎の〔暗闇《くらやみ》の丑松《うしまつ》〕の、人を殺して血相《けっそう》が変った大詰《おおづめ》の引っ込みのすばらしさに息をのんだり、また同優の、仁木《にっき》弾正《だんじょう》の刃傷《にんじょう》の場で、花道を出て来る凄惨《せいさん》そのものの表情に、背中がぞくぞくしたりした。

のちに、一等席の切符が自分で買えるようになってからも、私は三階の、いつもの席で観ることが多かった。現在もそうである。

前をさえぎるものはないし、ちょっと崖《がけ》の上から舞台を観るような気持だが、役者たちの姿かたちが正面とは、ちがう美しさを見せることがあって、なかなかおもしろい。

むかしの三階は、芝居好きが苦労をして切符を買い、情熱をこめて舞台を楽しむだけに、独特の雰囲気があった。

母は切符代のほかに、電車賃として二十銭よこしたが、私は片道を銀座から浅草まで歩き、あまった金でラーメンを食べるのがたのしみだった。

そのころの歌舞伎座の、三階の袖の席だけには薄べりが敷いてあり、座蒲団《ざぶとん》が置いてあったのである。

子供のころ

先日、日本橋のレストラン〔たいめいけん〕で、大好きなロース・カツレツで酒をのんでいたとき、どんな連想がはたらいたものか、突然、幼かったころの情景の一齣が脳裡に浮んできた。

それは、ひどい風雨の夜に、母が画用紙へクレヨンで色を塗り、これを切って人形のようなものを私のためにつくってくれているのを、傍《そば》で私が見つめているシーンだった。そのころの私は四つか五つの子供で、関東大震災で東京・浅草の家を焼失した父母が、埼玉県の浦和へ移り、数年をすごしていたのだ。

父は、日本橋の綿糸問屋〔小出商店〕の通い番頭で、景気もよかったらしい。父母にとっても私にとっても、もっとも平穏な明け暮れがつづいた数年間だった。

当時の浦和は、現代の浦和市からは想像もつかぬ田園地帯で、庭の小さな菜園のトマトや茄子を母がもぎ取っている光景や、石置場で遊んでいた私が右手を石にはさまれて怪我をしたことなどは、よくおぼえていたけれども、母が着せ替え人形をつくってくれている姿を、おもい出したことは、これまでになかった。

五十をこえてからは、記憶力が弱くなってしまい、物忘れがひどくなりつつあるというのに、おもいがけぬとき、意外な幼時の記憶がよみがえってきたのに、私はおどろいた。

やがて、東京へもどった父母は、私が七歳のときに離婚してしまった。父の店の倒産が一つの遠因だったといえよう。

それからの母は再婚にも失敗し、弟を生んで浅草の実家へもどり、まるで人がちがったようにはたらきはじめた。

当時の東京の下町の子供にとって、それは当然のことだったが、私と弟は旧制小学校を出るや、すぐ世の中へ出て行った。

それから今日までの私の歩んで来た道をふり返ってみるとき、浦和でのおだやかな幼時の生活が、いかに今日の自分へ大きな影響をもたらしたかを、おもわずにはいられない。

父も母も落ち着いて暮し、健康であり、私は野や森の中を駆けまわったり、好きなだけ絵本やクレヨンを買ってもらい、清潔に、しかも質素に育てられた。

どちらかといえば、わがままで、大雑把《おおざっぱ》な母も、この数年のみは、家事と育児に専念していたにちがいない。

私の一生は、この数年間で決定したといってよい。私の性格も、浦和での明け暮れによって定まった。

父母が離別してからの私は、私なりに危険な横道へ逸《そ》れかかったことも何度かあったが、先ず、幼時の環境によって得た健康が何よりの武器だった。

肉体の、正しい健康が、どんなにすばらしいものか……それは五十余年を生きてみると、はっきりわかる。

それは、いま、八十に近くなった母にしても同じだろう。おそらく、母の幼時には、母の実家の環境も落ち着いていたにちがいない。母の父は腕のよい錺《かざり》職人だったが、それこそ、

「目に入れても痛くない……」

ほどに、母を可愛がったらしい。

それでいて、母の弟には、格別の愛情をしめさなかった。

以前、私が叔父に「おじいさんに、〔金田〕の鳥や〔中清〕の天ぷらを、よく食べさせてもらった」というや、叔父は「私なんか、どこへも連れていってくれなかった。

もう仏壇へお線香なんかあげてやらないよ」などと、冗談めかしていったものだ。

そうしたわけで、母の実家の父へ対する愛情はなみなみのものではなかったのだろう。

実家では、嫁に行った母を、何につけても、たよりきっていた。

後年、実家の父が不景気で苦境におちいったのを、母は黙って見てはいられなかった。まだ若い弟の面倒も、

「私が見なければ、だれが見るのだ」

というわけで、結婚をしている身で苦心しながら、密かに実家の面倒をみつづけた。

それと、私の父の失業とが重なり、さらに母は苦しんだのではないか。

近年になって、母が、

「あのころ実家《さと》が困っていなかったら、私は離婚していなかったかも知れない」

めずらしく、洩らしたことがある。

母も、私同様に、子供のころの環境が最後までつきまとっている。現在も何かにつけて、これも七十をこえた弟の身の上を案じているらしい。

このようにして、母は実家の父母や弟を愛するあまり、結婚に破れたといってよい。

これもまた、母の子供のころが幸福にみたされていたからだろう。

離婚して後、父は再婚をせず、二十年ほど前に病歿した。

私は母に引き取られたわけだが、十三歳から世の中に出ていたので、戦前の東京と、東京に住み暮す、さまざまな人びとと知り合うことを得た。

現代の東京のように無味乾燥な都会ではなく、いかにも情緒の密度が濃い町々に、きわだった個性のもちぬしが、それぞれに興味ふかい職能を発揮して生きていたのである。


こうした人びとを知らなかったら、私は到底、時代小説を書けなかったろう。

もしも父母が挫折《ざせつ》せず、円満な結婚をつづけていて、私も大学に入っていたなら、卒業と同時に太平洋戦争へ出征ということになったのだから、少年期から青春期へかけての私の生活は、学徒としての域を出なかったろう。

身をもって、

「大人の世界をのぞく……」

機会を得なかったろう。

それはまた、それでよい。

よいが、しかし、いまの私はなかったにちがいない。

学徒出陣ということになっていたら、あるいは戦死していたやも知れぬ。

いまのところ、私は、好きな仕事をして暮しているのだから、すべてが、自分にとって、うまく運んでくれたことになる。

このごろ私は、自分の躰に父母の血が流れているだけではなく、父母の……ことに、母の幼・少の環境までが、微妙に今日の私へはたらきかけていたことを、つくづくと、おもわずにはいられない。

こうなると、

(子供のころの……ことに、生まれてから五、六歳までの環境が、人の一生にもたらす影響は、むしろ、そらおそろしく……)

なってくる。

そして、子供のころの私の幸福な環境は、後年の波瀾《はらん》あってこそ、はじめて生きたように感じられる。

子供は、大人や老人の中にも、

「生きている……」

のである。

自分の心身の底に潜《ひそ》み、生きつづけている〔子供のころ〕を、私は、これからの自分の小説へ表現していきたい。

私が子供のころは、子供から、すぐに大人の世界へ入って行った。

現代のように〔若者のための風俗〕というものがなかったといってよい。

私のように小学校を出て、すぐに世の中へ出て行った者はむろんのこと、中学・高校・大学と学徒の生活を送った者も否応《いやおう》なしに、大人にならされてしまった。その善《よ》し悪《あ》しは別として、子供も若者も心身共に、

（一日も早く、大人になりたい）

と、願ったものである。

大人の生活が子供の世界と密着していたのだ。

一つには、大人たちの交際は、主として、それぞれの家庭を中心におこなわれていたからである。

男たちが酒をのむ場所も、それぞれの家庭が用いられた。当然、妻も子供たちも、男の大人の世界を垣間《かいま》見ることになる。私なども、女たちが老いてしまったので、いまは外で客をすることが多くなったけれども、つい、十五年ほど前までは、客を家に招いた。

しかも、むかしは、老人のいない家庭は、ほとんどなかった。子供たちは、両親の

ほかに祖父母の手によって育てられもし、また、他の大人たちによって面倒を見てもらったのである。

その一が、小学校の先生だったことはいうまでもない。二は、近所となりの人びとだった。私の母なども、女手ひとつで二人の子供を育てることができたのは、こうした他の大人たちの、

「当然のことだ」

と、いわんばかりの協力があったからといってよい。

貧乏暮しだったことに間ちがいはないけれども、いま、老母がいうには、

「子供を育てるのが苦しいとおもったことは、一度もなかった」

そうな。

また、私どもも、母が夜業《よなべ》の賃仕事などをしている姿を見たことはない。

さらに親の義務教育は小学校までだったから、現代の親たちにくらべると、まことに負担が軽かった。

上の学校へ行けぬ者は、はたらきに出る。私は株式仲買店へ行ったが、その他にも、さまざまな職種があった。いまは、すべて機械とメカニズムが生み出す物に取り巻かれて暮しているが、たとえば、私が子供のころの同じ町内には、下駄屋があり、炭屋

があり、油屋があり、経師《きょうじ》屋があり、三味線・洋服・弓矢・仏具・看板・寿司・洋食・鰻・菓子・精肉・魚など、数え切れぬ小さな店がたちならび、町内から一歩も出ずに、すべてが間に合ったのである。映画館も寄席もあった。いまも、こうした職種がないわけではないが、どの子供も中・高・大の学業をおさめるようになれば、当然、その数は減じてくる。

何も大学を出て肉屋や魚屋の店員になることもあるまいというわけだ。したがってスーパー・マーケットやデパートが増え、ついには銭湯が消え、映画館までがパチンコやスーパーにかわる。

大工・左官・床屋の見習いも減るばかりだ。

つまりは手や躰をつかってする職業が減り、何事にも頭を使って暮そうというわけである。

その結果、老人たちは孤立し、新しい家庭はコンクリートの高層マンションの中の密室でいとなまれる。

子供たちは学業に追いまくられ、親は、我子の学業と新しい住居を獲得するために、壮年から中年に至る、男として最も大事な期間を、時間的にも経済的にも充実させることができなくなった。

大人の世界が充実しない世の中が、子供の不幸を生むのは当然なのである。

まったく、いまの親たちは子供が育てにくかろう。

こんな、わびしい大人たちのまねを子供はしたがらない。

したがって、子供と若者を相手にした風俗が氾濫することになり、男ひとりの手では、到底、一家をささえることができなくなったので、経済的にも環境的にも結婚すれば女の力が物をいう。

こうなれば当然、女性専門の風俗が擡頭《たいとう》し、男を圧倒する。

その結果として、男だか女だか、わからぬような子供が、〔新世界〕に登場しはじめた。

自分の家庭で、何人もの老人が死んで行く過程を見ることもない子供たちは、人間の死というものがどのようなものかを知らない。

だから死の恐ろしさも厳しさも知らない。

そして簡単にくびを吊ったり、ビルの屋上から飛び下りたりする。

私が小学生のころの、たとえば担任の若い先生が、日曜日になると、自分の下宿へ教え子を交替で招び、牛肉の細切のすき焼を食べさせてくれたり、小説が好きな生徒について来てくれて、古本屋で本を値切ってくれたりした、そんなことが、いまもあるのだろうか……。

母から貰った小遣をためこみ、大好きな映画を見た後、デパートの食堂へ一人で入ってビフテキを注文し、ウエイトレスから「こんなことを子供のくせにしてはいけないのよ。今度だけよ」などと、やさしくいわれたりすることがあるのだろうか……。

下町の、ひろびろとした空地の闇の中で、木刀を振りまわしたり、ベイゴマをまわしたり、材木置場を猿のごとく駆けまわったりすることがあるのだろうか……。

夏の縁日で蛍を買って来て、青い蚊帳の中へ放ち、点滅する蛍の光りをうっとりとながめながら眠りにひきこまれてゆくようなことが……いや、これはない。ないにきまっている。

死ぬ日が近づいた曽祖母に、私は毎日、素麺《そうめん》を煮たおぼえがある。十歳のときだ。

若いころは、大名の侍女をつとめていたという曽祖母が、私の煮た素麺をよろこび、巾着の中から五銭ずつくれた。

「私ゃ、もうすぐに死ぬのだから、ありったけ、みんな、あげてもいいのだけれど、そうすると、もしやして、お前さんが毎日、素麺を煮てくれないと困るからねえ」

と、二階の三畳の病床についたきりの、八十をこえた曽祖母がいった声を、いまも私は忘れない。

「正坊や。私が死んだら、この巾着は、お前さんのものだよ。ほら、この蒲団の下へ、こうやって入れておくからね。私が死んだら、お母ちゃんから、きっと、おもらいよ」

たしかに、私はもらった。

母へ、曽祖母が、いいのこしてくれたのであろう。

縁日

夜の縁日というものは、別に〔歳時記〕できめられたわけではないけれども、やはり、初夏から晩夏にかけての感じがする。

だが、子供でも、春から夏にかけての夜には、いくらでも遊べるし、ときには縁日を忘れてしまい、他の遊びに夢中だったことが多かった。

しかし、冬の夜の縁日は、二日も三日も前からたのしみにしている。

縁日の夜には、母から小づかいを余計にもらえたからだ。

すくないときで十銭。

多いときには、二十銭。

母のふところがさびしいときは、

「縁日に行かなくたって、死にゃあしないよ」

と、やられた。

私が子供のころに住んでいたのは、浅草・永住町一〇一番地で、十二間道路をへだてて、西側からは下谷区になる。

近くの縁日は、稲荷町の下谷神社で、これが一の日。

それに、家からは目と鼻の先の溝店のお祖師さまが七の日であった。

祭の日でもないかぎり、縁日の夜店の屋台は夕暮れからならびはじめる。

それはもう、十や二十ではない。道から道、細路から細路へ、五十も百も屋台店がならぶのだ。

いま、おもい出すままに、どんな店が出ていたか、ちょいと書いてみようか……。

先ず〔どんどん焼〕だ。

〔どんどん焼〕については、すでに書いてしまった。私が〔町田〕のどんどん焼のおやじの腕前に惚れこんでしまい、母に「〔町田〕のおやじへ弟子入りする」といって叱りつけられたことも、そのときに書いた。

つまり、それもこれも私は、母から「お前は小学校を出たら、小僧に行くのだよ」と、いいわたされていたからなので、母は私を株屋の小僧にするつもりで、結局はそうなってしまったわけだが、それでも子供ごころに、早くも、

（どんな商売がいいかなあ……？）

いろいろと、考えていたものらしい。

実は〔どんどん焼〕のほかに、縁日へ出ている店で、もう一つ、私が弟子入りをしたいとおもった店があったのだ。

これは、私どもが知っている縁日の夜店の中で、いちばんハイカラな食物を売る店であった。

屋台に、油が煮え立つ大鍋が据えつけられていて、

〔フレード・ロールナツ〕

と書いた、小さな看板が出ている。

そして、大黒さまの置物のようなおやじが白衣に身をかため、冬の夜でも流汗淋《りゅうかんりん》漓《り》として、若い衆ひとりを助手に小麦粉を練っている。

むろん、ただの小麦粉ではない。卵やら、何やら、いろいろとまぜこみ、一抱えもあるほどのかたまりにし、大きな練棒をつかって、練りに練る。

これを、夕暮れに店を出すと、すぐにはじめる。

そうして、人が出てくると、この粉のかたまりを一口に食べられるほどの大きさに千切っては投げ、千切っては投げ……大鍋の油の中へ投げこむのである。

そして、からりと揚がったやつを引きあげ、白砂糖をまぶし、内側へ経木《きょうぎ》を重ね

た紙袋へ入れて売る。

バターの香りがする熱いやつを口へ入れると、「まるで、とろけちまいそう……」

なのであった。

そのかわり、値も高い。

最低が五銭からで、一銭や二銭では、とても買えない。

それでも、よく売れた。

まあ、ドーナツのようなものだったろうが、なにしろ、つくりたての揚げたてなのだから、そのやわらかいこと、おいしいこと、子供の舌には、たまらなかったものだ。

ところで、この大黒さまの置物のようなおやじの売声が、また、たまらないのである。

「エ――」

と、声を張りあげておいて、

「噛んで噛んで、喉《のど》へ入る瞬間が、とてもたまらない」

というのである。

「かんでェ、かんでェ、のどへはいるしゅんかんが、とォてもォ、たまらない」

と、やる。

当時の屋台店の食物の売声として、この口上《こうじょう》は、まさに斬新奇抜《ざんしんきばつ》なものであったといえる。

もしかすると私は、この口上に強くひきつけられたのであろう。

「〔町田〕の弟子がいけないんなら、ロールナッツのおやじの弟子になりたい」

と、私は母にいった。

すると、このとき母は、どうしたものか、

「そうかえ、そんなにお前が食べ物商売をしたいのなら、西洋菓子なり西洋料理なり、ちゃんとしたところへ入って十年、二十年の修業をするか、どうだ？」

と、いうのだ。

「ちゃんとしたとこって、どこ？」

「たとえば、帝国ホテルのコック場さ」

母は、大きく出たものだ。

「そんなとこ、いやでェ。おれは、ロールナッツのおやじのところへ行く」

「ばか。いけない」

これで、おしまいである。

それでもあきらめきれず、小学校の教室で「かんでェ、かんでェ……」と口上をまね、級友の喝采《かっさい》をあびたものだ。

「そんなに、うめえのなら……」

というので、下谷のほうの友だちが何人も、わざわざお祖師さまの縁日へ来て、ロールナツを買いはじめ、翌日になると一同声を張りあげて、

「かんでェ、かんでェ……」

と、わめく。

受けもちの立子山先生が、

「あれは何のことかね、池波……？」

と、私にきかれたことがあった。

だが、いまこうして書いていても、あの口上の文句は、なかなかのものだ。

ロールナツのおやじ、よほどに考えたにちがいない、と私はおもう。

「嚙んで、嚙んで、喉へ入る瞬間が、とてもたまらない」

どうです、悪くないでしょう。

私も、なんとか、この口上のような小説が書けるようになりたいものだ……と、いまも折りにふれてそうおもう。

〔どんどん焼〕に〔フレード・ロールナツ〕のつぎに、縁日の夜店でひいきにしたのは、〔肉フライ〕というやつ。

　もちろん、何の肉だが知れたものではない。
これは類似の店が、どこの縁日にも出ていた。
肉の細切れと小麦粉をまるめ、串刺にしパン粉をまぶして揚げたやつを、金網を置いた箱の上へ出す。

　箱の傍に、大どんぶりへソースをみたしキャベツのみじん切りをたっぷり浮せたのが置いてあり、揚げたてを一銭で買い、ジューッと、どんぶりのソースへ漬《つ》けこみ、串をあやつり、できるだけキャベツのみじん切りをフライの上へ乗せて引きあげ、食べるのである。

　いま、神田の淡路町に〔松栄亭〕という小さな洋食屋がある。蕎麦の〔藪〕の近くの、むかし、東京の下町のどこにでもあった洋食屋の気分が残っている店で、ここに〔洋食のかき揚げ〕なるものがある。むかしの縁日の肉フライとくらべては可哀想《かわいそう》で、上等の材料をつかったものだが、私は縁日の肉フライをおもい出すと、〔松栄亭〕へ行って、この〔かき揚げ〕を食べる。その味が、遠いむかしをよみがえらせてくれるからなのだ。

つぎは、蜜柑飴《みかんあめ》といって、蜜柑を飴にくるんだものとか、べっこう飴の店。いずれも実演つきだが、こんなのは女の子にまかせて、われらは見向きもしない。

〔あやめだんご〕や〔カルメヤキ〕。御存知の綿飴、こいつも男の子には縁がない。


冬の夜の縁日には、金魚すくいや、蛍売りの店は出ぬが、〔十銭や〕といって十銭均一の小間物を売る店、これは母や祖母《ばあ》さんの、つつましい購買欲をみたす。

〔おもちゃ屋〕では、せいぜい、われわれは〔カンシャク玉〕を買って、夏の夜の縁日へやって来る〔オコウちゃん〕だの〔オチヨちゃん〕だの〔ミツコちゃん〕だのの足もとへ投げつけて破裂させ、

「キャー……」

「オデコの正公め。おばさん（母）にいいつけてやるから」

などと、彼女らのわめき声へ、

「へへッ。ざまあ見やがれ」


せせら笑って闇の中へ消えて行くのである。


それから、また、悪友どもと材木置場などで、

「彦ちゃん。お前、こないだ鳥越キネマで見た嵐寛寿郎《アラカン》の〔右門捕物帖〕のチャンバラおぼえてる？」

「ああ、三度見た」

「あいつをやろう。おれが右門だ」

「バカいえ、そんなのあるかい」

などとさんざ〔チャンバラごっこ〕などをして、またも縁日へ出かけて行く。

それから〔針金細工〕の店。おやじが鋏《やっとこ》一つで、針金を魔法のごとくあやつり、自転車から自動車、飛行機から電車、犬からライオンまでこしらえてしまう。これには私も、大分に入れあげたものだ。

それから飴細工に、糝粉《しんこ》細工。

糝粉のねったので、魚から野菜のいろいろをたちまちにつくる。これに〔よせなべ〕というものがあった。鍋も、中へ入れる魚も野菜も、みんな手ゆびひとつで美しい糝粉細工にし、その上から黒蜜をかけてくれる。これはもう、子供ごころにも、食べるのが惜しかったものだ。

さて、冬の夜の縁日だが……。

晩御飯をすませて、曽祖母に、

「食べてすぐ寝ると牛になるよ」

などといわれながら、ひとやすみして、

「縁日へ行って来る」

と、立ちあがるや、

「〔町田〕の牛てん買って来ておくれ」

と、これは食いしん坊の母だ。

「つまらないものを買うんじゃないよ」

というのは祖母。

「喧嘩しちゃあいけないよ」

と、これは曽祖母である。

当時の東京の冬の夜の寒さというものは、とうてい、現代の暖冬からは想像もつかない。だが、筒袖の久留米《くるめ》絣《がすり》の下には肌着一枚。股引《ももひき》なぞというものは、五十になったいまでも、死んでもはかぬつもりの私だ。

なぞと、この項ではいささか、童心にかえって、いい気になっている。おゆるしいただきたい。

まっ暗な道の向うに、縁日の灯火が見えて来て、それが近づくにつれ、アセチレンの灯火の匂いが冷たい空気の中にただよってくる。

「ああ、縁日だなあ……」

と、おもう。

先ず、古本屋へ向う。

そこで、ふところと相談をして、雑誌なり、単行本なりを買う。そのころ私は、大佛次郎氏の大ファンで、少年倶楽部ではものたりず、大人のよむ雑誌やら単行本の大佛氏の著作を買い漁ったものだ。

岩田専太郎装幀の〔赤穂浪士〕初版本を、たしか七十五銭で買ったおぼえがあるし、名作〔霧笛〕は、三十五銭で買った。本を買ってから、〔どんどん焼〕なり、〔ロールナツ〕なりを買い、まっしぐらに家へ駆けもどる。食べものがさめてしまったら、おふくろになぐられるからだ。

家へ帰って、活々《かっか》と熱い泥行火《どろあんか》へもぐりこみ、買ってきたものを頬張《ほおば》りつつ、買って来た本へかじりつくのが、無上のたのしみであった。

やがて、母は怒鳴る。

「明日、寝坊をすると承知しないよ」

そこでだ。こうして読んだ〔赤穂浪士〕が間もなく、伊藤大輔の監督、片岡千恵蔵の主演で〔堀田隼人〕のタイトルで映画化される。

ついで〔霧笛〕が、新興キネマで、これは村田実監督のもとに、中野英治の千代吉、志賀暁子の洋妾《ラシャメン》、菅井一郎のクーパーで映画化され、私は十銭玉をつかんで、鳥越キネマへ駆けつけて行く。

このように、私の子供のころは、縁日から映画まで、一すじにつながっていたものであった。

たまらなくたのしく、たまらなく烈しく、私の少年時代は充実していたのである。

と、ここまで書いたとき、母が書斎へ夕刊をもって入って来て、この原稿をよみ、

「また私をつかったね。今年からは小づかいを上げておくれよ」

と、いった。

巣と食

私と同業の有馬頼義《よりちか》氏が、夫人に、

「ぼくのとこなんか、池波君のとこより、ずっといいのだぜ。池波君はね、自分ひとりで御馳走を食べ、そのおあまりでお母さんと奥さんが御飯を食べるのだそうだ」

と、いわれたそうである。

これは、そのすこし前に、ある座談会で私が語ったことを有馬氏が夫人に話したのであろう。

御馳走うんぬんは、さておき、食事の形態としては、そのとおりである。

先ず、私ひとりが膳につき、家内が給仕をする間に、台所に接した畳敷きの一角で、母が自分と家内との食卓をととのえる。私がひとりで晩酌をはじめると、家内は母と食事にかかり、終る。そのころに私の酒もすみ、家内があらわれて飯と香の物をはこんで来る。これが毎日のだんどりなのだ。

一家そろって食事をしたらいいではないか、と、だれしも思うことであろうが、こうなるまでには、それだけの理由がなかったわけではない。

二十余年も前に結婚したとき、当然のことながら、私は、母と妻という二人の女にはさまれて暮すことになった。終戦間もないころで、核家族などという言葉もなければ、テレビもなく、電気洗濯機の普及にも遠かった時代である。

母はまだ血気さかんであり、家内もまた気の強い女であったから、お定まりの〔もめごと〕が起るのは、これまた当然であった。

こうしたとき、一家の主《あるじ》である男は、二人の女に屈服するか、または二人の女を屈服させるか、そのどちらかを選ばねばならない。

〔もめごと〕は、先ず台所からはじまる。

飯のたき加減、味噌汁の味、漬物のつけ方などから、姑と嫁のいさかいが起る。

「おれは自分ひとりで飯を食べる。それはお前（家内）がつくれ。お前とあんた（母）が食べるものは、あんたがつくって、おれの飯がすんでから二人が食べるのだ」

と、私はいった。

二人は服従した。

この習慣が、いまもなお、つづいているのである。二十年もたつと、家内が「煮物は、やはり年寄りがおりませんとね」などと、こだわりもなく客にはなすようになっているし、母が、私の好物の〔白和《しらあ》え〕などをつくることもたびたびのことになった。いまのところ、われら人間には、まだ〔巣〕が必要であり、その〔巣〕の中には家族がいなくてはならぬ。そして、その家族たちが、いつも生気にあふれていて、はたらき手の主人を助けなくてはならぬ。それでなくては、人間の巣の存在は意味をなさない。

だが、そうした〔巣づくり〕が、どうにか完成するまでには十年、十五年の歳月がかかる。女たちにとってもそうだろうが、男にしても同様のことなのだ。

ことに、私のような職業についている者は、一日中、巣の中ではたらかねばならぬ、いわゆる〔居職《いじょく》〕なのであるから、日々の食事は、非常にたいせつなものとなる。ぜいたくをしようというのではない。おいしく食べられなくては仕事にもさしつかえてくる。気分よろしく食事をすることが健康を保持する唯一の道であって、いかにすばらしいビーフ・ステーキを出されようとも、巣の空気が険悪であっては、

〔身にも皮にもならない〕

のである。

人それぞれに、わが〔巣づくり〕に努力しているわけだろうが、私の場合は、母と家内の〔共同の敵〕になることによって、姑と嫁を接近せしめた。

叫び、怒鳴り、叱り、脅《おど》し、全力をつくして〔悪者〕となったのである。

いまや、私が数日の旅行をするときいたとき、母と家内が実にうれしそうな顔つきになり、母はいそいそとカレンダーの前へ行き、私の旅行日へ赤鉛筆で〔しるし〕をつけるのだ。

こうした〔悪者〕になる場合、母と家内のどちらへも一分の〔えこひいき〕があってはならない。家内を叱りつけた翌日は、むりにも母を叱る。母に注意をあたえたときには、むりにも家内に注意する。

同時に、母につかえるのと同様、家内の母へもつかえなくてはならぬ。私は母をつれて旅行するとき、かならず家内の母も同行した。こうすることによって、双方の母親の親密の度は増し、それが私や家内へもかならずよき影響をもたらすのである。旅行ができないときは、天丼一つでもよいのだ。

となれば、えこひいきにならぬため、年に一度はかならず、家内を旅行につれて行く。

「それだけがたのしみで、毎日はたらいている」

という家内を失望せしめてはならない。

いまも、いかに多忙であっても、これだけは実行している。たとえ一日の旅でも実行する。

それでなくては、どうして私の〔威令〕を彼女たちがきいてくれよう。

男というものは、こうしたことを（めんどうな……）とおもっては、何事もする気になれない。おもしろがって二人の女の糸を引くつもりでいなければ、とても長年月にわたって、つづけられるものではない。

私の場合は、このように、こまめに気をつかうことが、とりも直さず、自分の仕事を肥やしてきてくれた、ようにおもう。

〔巣〕で、うまいものを食べたいとおもうのなら、それだけの配慮を自分でしなくてはならぬ。

「うまいものを食べさせろ」

と命じているだけでは、どうにもならない。

料理への興味を女たちに抱かせるためには、たまさか、外へ出て〔うまいもの〕を食べさせなくてはだめだ。それはカレーライス一つでもちがうのである。

かつて料理学校へ家内を通わせた、その第一日。帰って来てつくった食事は、もうとたんにちがってくる。習うということは、実に、おそろしいものなのである。

かくて、ここ五年ほどは、私も女たちも、巣の暮しが、まことにスムーズにゆくようになった……とおもったら、母は高齢に達し、私ども夫婦は初老の坂へさしかかっている。

老年は、いろいろなかたちをとって〔巣〕を破壊しはじめるであろう。

私は、覚悟を新たにして、来《きた》るべき闘いにそなえているところだ。

座談会

わたくしの味自慢

有馬頼義《よりちか》（作家）
おおば比呂司（漫画家）
池波正太郎

ビフテキの秘伝

有馬　ビフテキだけは自分で焼かなきゃダメですね。同じビフテキの焼き方でも、その日によってコンディションが違うんですね。きょうは少し固めに焼こうとか、そういう気持が多少動きますからね。

池波　女は塩でも胡椒でも、そのときの気分でやりますからね。焼く直前にふったり、一時間前にふったりするでしょう。あれ、七、八分前にふらなきゃダメなんですよね。ぼくは塩、胡椒しておきまして、強火でナマ焼きにしまして、ひっくり返すときにお醤油入れて、黒の粒胡椒入れて焼き上げるんです。

おおば　それはいいですね、醤油というのはすごくいいですよね。

有馬　ぼくだって塩で食うときも醤油で食うときもありますけれどもね。ぼくの秘伝を紹介すると、これはどっかの料理屋でやってたかレストランでやってたか知らんけれども、カレーライスをまず作るんですよ、それを下敷にしましてね、その上にビフテキをのせるんですがね、これが味が合うんです。

池波　ご飯があるの？

有馬　ええ、それでビフテキを別に焼いてそのご飯の上にのっけるの。

おおば　じゃあビーフカレーですか。カツカレーはあるけれども。

有馬　これはうまいですよ、やってご覧なさい。カレー粉でさ、さあッとこう……。ドライカレーのカラッとしたのを作っちゃうんですよ。

池波　ドライカレーならうまいと思うな。

有馬　これがものすごくうまい。これをやって、あとコーヒー飲むとうまい。

おおば　とにかく有馬さん、コーヒーお好きですものね。

有馬　だからコーヒーに合うものしかたべないんです。（笑）

おおば　有馬さんはいつもコーヒー、ご自分でやってますね。

有馬　だから旅に出ると困るんですよ、コーヒーは。ビフテキもそうだけれども、コーヒーが困るな、自分の味に出来ないから。

イカを皮ごと

池波　いまイカの刺身なんか作るでしょう、これは誰でも出来ますが、ぼくのはね、ちょっとイカの皮っていうのは毒らしいんだけど……。

おおば　皮ですか、そうですよ、リンの毛が光っているところがある。夏のイカは光ってるんですよ。

池波　ところが、その皮をつけたまんま、ピチピチしたイカを冷蔵庫に入れてね、冷くなったのに、一ぱいのイカに盃一ぱいくらいの塩をブッかけて、ブツブツ切ってそのまま食う。これはイカの刺身なんかよりずっとうまいな。イカは塩が一番うまいな。

おおば　ほう、皮ごとね。

有馬　イカで思い出したけどね、ぼくのイカの作り方というのは独特ですよ。新しいやつがありますとね、買ってきてちょっとレンジでむすんです、ぜんぜん手をつけずに。でね、つまり内臓が外に出てきちゃあイカが悪いってことで、いいイカだったら出ませんよ。そのままむしちゃうんだからね。で、ちょっと水が、つまり内臓の水分が出てくる程度でやめて、そのまま食うんです。何にもつけずにね。これはものすごくうまい。

池波　そうですか、早速やってみよう。

おおば　ちょうど九月に入りますとね、函館の周辺というものはイカがさかんでしてね、いまおっしゃったようにナマの取りたてのイカというのは、皮をはがすのが大変なんですよ。でも皮をはがしましてね、どんぶりにお醤油とショウガのかき回したのを作って、ソーメンみたいに、いわゆるイカソーメンていうのを作るんです。

池波　函館のほう、イカがいいからね。しかし、一回やってごらんなさい、皮は毒だっていうけども。

有馬　ぼくのやり方も。

おおば　ありがとうございます。でも大体イカはね、イカさしか、干してスルメぐらいしかないでしょう。あと塩辛か……。

有馬　塩辛はいいですよ。

おおば　塩辛やってます？

有馬　ぼくはうちでイカとカツオ、みんなやってますよ。だけど変なことというけどさ、イカの塩辛だとぼくはめし食えないの、カツオの塩辛なら食えるんだけど。あれどうして違うのかしら。

おおば　ほう、イカの塩辛はダメですか。イカの塩辛っていうのは、例の脂のところを入れてらっしゃらないんですか、入れているのとそうでないのとありますが。麹入れるのがありますね。

池波　そうじゃないのはうちのおふくろが作るんだ。ぼくはどっちかっていえばイカの塩辛が好きで、カツオの塩辛はあんまり好きじゃない。あれ、なめるようにして食っちゃうんですよ。

おおば　イカの塩辛は、富山のほうの黒作りというのは逆に奥さんがお好きじゃないですか。ほたるイカの黒作りってございますね。

池波　ああいうのはうちの母が好きですね。

おとこの腕

有馬　人には随分くせがありますね。魚なんかでも、いわゆる大味なものとか小味なものとかありますね。この好みは人によって違うでしょう。ぼくはたとえば小骨の多い魚は嫌いなんですよ。外洋で獲れるマグロとかクジラとか……。クジラはうまいですよ、本当に新しいとこれはなかなかうまい。それでそういう魚ね、たとえばカツオだとか要するに切り身で食えるものはわりと好きなんですよ。

池波　じゃあサバもいいんですね。

有馬　ええ、サバはいいです。小魚はあんまり……。

おおば　ぼくは生まれが北国で、北海道は素材が荒いもんですからね、たとえばジャガイモに塩かけて食べるとか。そういう粗野な育ち方をしたもんですから、料理もザツなもんでないと出来ないんですよ。

池波　でもね、おおばさん、よく他国の食い物の悪口言う人がいるでしょう、東京の食い物は塩辛いとか、ああいうのは一番愚劣だと思うんだが、どうですか？

有馬　だって、早い話がオデンなんかまったく味付けが違うでしょう、関東と関西で。向こうがまずい、こっちがまずいっていうんじゃなくてね、向こうは向こうでそういう嗜好があるんでね。

おおば　気候、湿度、全部関係しますからね。

池波　そういう人に限って味覚音痴だな、ほんとですよ。

おおば　意外とそういう方いますね。

有馬　でも、料理人というのは世界を通じて男がうまいらしいじゃない。そういうことはどういうことなんでしょうね。

池波　神経がザツでしょう、女は。

有馬　遠慮会釈なく言うなァ。（笑）

池波　敏感なようでザツですよ。毎日狂いが生ずるんですよ。女は体の生理構造が男より複雑でしょう、だから狂いを生ずるんですよ。うちの女房なんかカーッと頭に来ていると塩をよけいブッかけたりしますからね。これが専門家じゃそうはいかないですもの。

有馬　だけど、そういう意味で一番日常的でむずかしいのは味噌汁じゃないかな。

おおば　たしかに、いま池波さんおっしゃったように、味噌汁はコンスタントに毎日作っていても、生理構造が複雑なのか、平均に味が作れるはずなのに、すごく辛かったり甘かったりしますね。

池波　そうそう。これは本質的なもんでしょうね、生理的構造の。

サンドイッチの味

おおば　お料理というのはね、うまくいくと万歳ですが、一度失敗するともう二度とやる気しませんね。

有馬　ぼくはね、自分で開発し、自分で作ったものってばサンドイッチだな。サンドイッチというものは簡単なようでむずかしいですね。

池波　むずかしいですよ。やはり切る大きさによって違うしね。

有馬　だからね、うちでもサンドイッチ作るときだけぼくがかり出されるの。

池波　この頃のサンドイッチはさ、こんな小さく切るでしょう、あれはサンドイッチの邪道だと思うな。

有馬　大体さ、パンにサンドイッチ用のパンなんていうのがあるでしょう、それがいけないね。普通のパンでいいんですよ、トースト作るので。

池波　普通の大きさの四角いのを、まん中から切るとか三角とかにしてね。

有馬　厚みがこのくらい（三センチ位）ないとね。

おおば　この頃は、クシャミしたら飛んでいっちゃいそうなサンドイッチじゃないですか。ああいうのはサンドイッチじゃないと思ってますよ。

池波　ぼくもそう思いますよ。新しいサンドイッチはもう食う気がしないですね。昔はあんな小さくなかったですね。

おおば　北欧行くとオープン・サンドっていうのがありますね、自分の好きなの取ってくるの。ぼくなんか沢山もってくるもんですから笑われましたけど、日本の場合のサンドイッチはいまのお話のようにサンドイッチじゃないですね。なんかほんとにハムとかチーズとか、こんな経済大国でありながら豊かじゃないのね。食物っていうのはぼくはやっぱり豊かさを感じるのが嬉しいんですがね。

たべもの日記

池波　ぼくなんか、過去八年間に日記に食ったものがついてるんですよ。食ったものしかついてない。(笑) 朝、昼、晩つけてあって、うまかったら二重丸。女房のそばにおいてあって、きょうは何にしようなんて献立に困るでしょう。七月のとこ開ければ過去八年間の資料があるから、これをしばらく作らないから今晩これにしましょう、ということで困らないんですよ。

おおば　大体、奥さん方というのは「はて今晩のおかずは」ということで大変だと思うんですよ。で、婦人雑誌でお料理特集が絶えないということは、世の奥さん方が、今晩のおかずをきめるのがむずかしいからですよ。朝めしは旦那方は牛乳とパンですみますけれども、世の奥様達は晩めしは深刻だと思いますね。

有馬　そうですよ。だからああいう雑誌が売れるのはそれでしょうね、おもにね。ただぼくは、一週間ぐらいを一つのサイクルと考えた場合に、その一週間のあいだに必ず一回は、ビフテキを食い、必ず一回は、刺身を食うんです。これは原則的に出来てます。ぼくがいわなくても女房が週一回はその二つを食わせるということです。あとはまかせてます。

池波　自分がこれ食わせろというと期待しちゃうから面白くないんだよ、そうでしょう。わたしは一人で食うんです、めしを。それでわたしが一人で食ったあと、家内とおふくろがお茶漬かなんかで食うんですよ。

おおば　でも、だんだん保守的になってきますね。初めはギラギラしたものですけど、だんだん保守的になりますね。その頃になりますとますますうるさくなりましてね。

池波　しかし、ぼくら贅沢はしないよね、有馬さん。

有馬　贅沢はしないね。

池波　しかし、女房に悪口ばかりいわないで、たまにはうまいとこ食べに連れて歩かなきゃいけませんね。

有馬　だから、時々カミさんを外へ連れ出して、うまいものを食べることですよ。

日曜コックの価値

おおば　最近嫌だと思うのは、長髪のボーイがいるの、嫌になりますね。だからぼくはやはりね、先ほど池波さんがおっしゃったように、神経張ったものを頂くというので、こちらもそれに対して「頂く」ということでね。

池波　そうなんです。だから鮨屋の職人なんていうのは髪を毎日洗って、短かくきちんと刈って、指の爪をなめてもきれいな感じじゃないとダメですね。

おおば　頭をふるとフケがパッと飛ぶんじゃあね。

池波　しかし、有馬さんとかぼくらの年代は、まあ有馬さんのお宅は大変なお金持で贅沢なものを召上りになっていたでしょうけど、ぼくら下町の職人のうちだけども、しかしその当時われわれが食っていたシャコなんていうのは、貧乏人がおやつに食ってたんですよ。大森で獲れたシャコとかカニとかおやつに食ってましたよ。それがいま大変でしょう。

有馬　ぼくがこの頃本当に不満に思うのはね、メザシのうまいのがないということと、それから豆腐がまずいですね。それからタクアンがない。昔みたいなまっ黄色なのがない。そういうものは当時は要するに安く食えたもんでしょう。ところが、いまはものすごく高価なものですよ、逆転してね。

おおば　しかし、味の批判会になっちゃうんですけどもね、たしかに着色したものはものすごく不愉快だと思うし絶対なくさなきゃいけないと思いますが、有馬さんのおっしゃるように、たとえばお豆腐にしましても、焼豆腐なんかね、いまではパーッとこう並べておいてやるでしょう。昔みたいに串を刺して焼くんじゃない、仕事が丹念でなくなってマシン化して物を作るようになって、それを作るもの自身が、俺は職人でこれが生甲斐だという男がいないんですね。これはいわば遊ぶための資金稼ぎの末端として働くのだということで、いわゆる働くという観念が消えているからお粗末になるんですね。経営者自体も色だけつけてカッコよく見せようと思っているし、タクアンなんかだって黄色く着色してますしね。

有馬　この頃の子供達がインスタントの食品に満足しているでしょう。ぼくはかわいそうに思うんだけどね、そのかわり今度は親がいて料理を作ってやらなくても、子供は自分でインスタント食品があれば食べているという便利さはありますね。

池波　で、子供は知らないから、けっこう仕合せじゃないですか。

有馬　じゃあ、それで行きますか。(笑)

おおば　でも、インスタントでシチューやなんかありますね。変なもんで、それを五日間ぐらい昼めしに用意しますね。それでAのメーカーとBのメーカーとありますと、子供は選択を始めますよ。それでインスタントのイージーの味に対して、自分なりの調味をくわえて、先ほどステーキを焼く場合に醬油をかけたり胡椒をかけるのを自分でするというのと同じように、自分達でするようになる。大体、日曜コックさんとか料理屋というのは、自分の責任において料理するからうまさを感じるんであって、そこに日曜コックの価値があるんですね。

〔了〕

初出一覧

レコードこの一枚　朝日新聞夕刊　一九八六年九月十一日
東京の夏　朝日新聞夕刊　一九八七年七月十七日
はじめてテレビを買ったころ　朝日新聞夕刊　一九八八年十月三十一日
私が生まれた日　「別冊婦人公論」一九八四年冬号
母　「文藝春秋」一九七三年十二月号
家　「現代」一九七四年十一月号
猫　毎日新聞「日曜くらぶ」一九七九年八月二十六日
私の正月　毎日新聞「日曜くらぶ」一九八〇年一月六日
私の一日　「現代」一九七五年八月号
師走の私　「週刊朝日」一九七二年十二月二十九日号
絵筆と共に　「波」一九八五年一月号
散歩　「現代」一九七五年二月号
大川の水　『江戸古地図散歩　回想の下町』一九七五年二月　平凡社カラー新書

町の姿　『江戸古地図散歩　回想の下町』一九七五年二月　平凡社カラー新書

日本橋・銀座・丸の内　『江戸古地図散歩　山手懐旧』一九七五年九月　平凡社カラー新書

旅　「現代」一九七五年九月号

京都・南座界隈　「太陽」一九七六年十二月号

温泉で泳いだ話　「太陽」一九八五年十一月号

横浜にて　「週刊朝日」一九七二年九月二十九日号、十月六日号

バリ島の夜の闇　「文藝春秋」一九八三年三月号

セーヌとパリジャン　『回想のジャン・ギャバン　フランス映画の旅』一九七七年十一月　平凡社カラー新書

パリから南仏ニースへ　『回想のジャン・ギャバン　フランス映画の旅』一九七七年十一月　平凡社カラー新書

サン・ドニの女たち　「月刊カドカワ」一九八三年五月号

モンパルナスの〔クーポール〕　「月刊カドカワ」一九八三年十二月号

仕出し料理――品川〔若出雲〕　「小説新潮」一九八一年六月号

神田・連雀町　「太陽」一九七六年三月号

どんどん焼　「週刊朝日」一九七二年二月十一日号、二月十八日号

小鍋だて　「藝術新潮」一九八〇年二月号

蕎麦　毎日新聞「日曜くらぶ」一九七九年五月二十七日

小鰭の新子と秋刀魚　「藝術新潮」一九八〇年九月号

江戸風味の酒の肴　「婦人画報」一九八二年三月号

当世豆腐考　「家庭画報」一九七三年六月号

チキンライス　「週刊朝日」一九七二年六月十六日号

東京の下町　「町」高梨豊写真集付録　一九七七年

三階の「袖」の席　「歌舞伎観賞入門」一九八〇年十二月三日号

子供のころ　毎日新聞「日曜くらぶ」一九七九年四月十五日、四月二十二日

縁日　「週刊朝日」一九七三年一月十二日号、一月十九日号

巣と食　「週刊朝日」一九七二年一月七日号

わたくしの味自慢（有馬頼義・おおば比呂司　座談会）「銀座百点」一九七一年九月号

編集付記

一、本書は『チキンライスと旅の空』(二〇〇八年二月、朝日文庫)を底本とし、巻末に座談会『わたくしの味自慢』(「銀座百点」一九七一年九月号)を増補したものである。

一、底本中、明らかな誤植と考えられる箇所は訂正し、難読と思われる語には新たにルビを付した。

一、本文中、今日の人権意識に照らして不適切な語句や表現が見られるが、著者が故人であること、執筆当時の時代背景と作品の文化的価値に鑑みて、そのままとした。

中公文庫

チキンライスと旅《たび》の空《そら》

2022年 8 月25日　初版発行
2023年 9 月30日　4 刷発行

著　者　池波《いけなみ》正《しょう》太郎《たろう》

発行者　安 部 順 一

発行所　中央公論新社
〒100-8152　東京都千代田区大手町 1-7-1
電話　販売 03-5299-1730　編集 03-5299-1890
URL https://www.chuko.co.jp/

DTP　嵐下英治
印　刷　三晃印刷
製　本　小泉製本

Published by CHUOKORON-SHINSHA, INC.
Printed in Japan　ISBN978-4-12-207241-1 C1195

中公文庫既刊より

各書目の下段の数字はISBNコードです。978－4－12が省略してあります。

い-8-4　獅子　池波正太郎

九十歳をこえてなお「信濃の獅子」と謳われた真田信之が、松代十万石の存亡を賭け、下馬将軍・酒井忠清に挑む、壮絶な隠密攻防戦。〈解説〉小谷正一

202288-1

い-8-8　青春忘れもの　増補版　池波正太郎

小卒の株仲買店の小僧が小説家として立つまで——。著者の創作のエッセンスが詰まった痛快な青春記。短篇小説「同門の宴」を併録。〈解説〉島田正吾

206866-7

い-8-9　食卓のつぶやき　池波正太郎

幼き日の海苔弁当から大根の滋味に目覚めるまで。東京下町から仙台、フランス、スペインまで。味と人をめぐる美味しい話。〈巻末対談〉荻昌弘「すきやき」

207134-6

あ-13-6　食味風々録　阿川弘之

生まれて初めて食べたチーズ、向田邦子との美味談義、海軍時代の食事話など、多彩な料理と交友を綴る、自叙伝的食随筆。〈巻末対談〉阿川佐和子〈解説〉奥本大三郎

206156-9

あ-13-8　完全版　南蛮阿房列車（上）　阿川弘之

北杜夫ら珍友・奇人を道連れに、異国の鉄道を乗りまくる。ユーモアと臨場感が満載の鉄道紀行。上巻は「欧州畸人特急」から「最終オリエント急行」までの十篇。

206519-2

あ-13-9　完全版　南蛮阿房列車（下）　阿川弘之

ただ汽車に乗るためだけに、世界の隅々まで出かけた紀行文学の名作。下巻は「カンガルー阿房列車」から「ピラミッド阿房列車」までの十篇。〈解説〉関川夏央

206520-8

あ-59-7　新装版　お腹召しませ　浅田次郎

幕末期、変革の波に翻弄される武士の悲哀を描く傑作時代短編集。書き下ろしエッセイを特別収録。司馬遼太郎賞・中央公論文芸賞受賞作。〈解説〉橋本五郎

206916-9

あ-59-8

新装版 五郎治殿御始末

浅田次郎

武士という職業が消えた明治維新期、行き場を失った老武士が下した、己の身の始末とは。表題作ほか全六篇に書き下ろしエッセイを収録。〈解説〉磯田道史

207054-7

あ-66-1

舌 天皇の料理番が語る奇食珍味

秋山徳蔵

半世紀以上を天皇の料理番として活躍した著者が「舌は味覚の器であり愛情の触覚」と悟った極意をもって秘食強精からイカモノ談義までを大いに語る。

205101-0

あ-66-2

味 天皇の料理番が語る昭和

秋山徳蔵

半世紀にわたって昭和天皇の台所を預かり、日常の食事と無数の宮中饗宴の料理を司った「天皇の料理番」が自ら綴った一代記。〈解説〉小泉武夫

206066-1

あ-83-1

闇医者おゑん秘録帖

あさのあつこ

「闇医者」おゑんが住む、竹林のしもた屋。江戸の女たちにとって、そこは最後の駆け込み寺だった——。女たちの再生の物語。〈解説〉吉田伸子

206202-3

あ-83-2

闇医者おゑん秘録帖 花冷えて

あさのあつこ

子堕ろしを請け負う「闇医者」おゑんのもとには、今日も事情を抱えた女たちがやってくる。「診察」は、やがて「事件」に発展し……。好評シリーズ第二弾。

206668-7

い-37-6

晩夏 少年短篇集

井上靖

二度と戻らぬ、あの日々——。教科書名短篇「帽子」「赤い実」ほか、少年を主人公とする珠玉の十五篇。文庫オリジナル。〈巻末エッセイ〉辻邦生・椎名誠

206998-5

い-37-7

利休の死 戦国時代小説集

井上靖

桶狭間の戦い（一五六〇）から本能寺の変（八二）、利休の死（九一）まで戦国乱世の三十年を十一篇の短篇で描く、文庫オリジナル小説集。〈解説〉末國善己

207012-7

い-38-3

珍品堂主人 増補新版

井伏鱒二

風変わりな品物を掘り出す骨董屋・珍品堂を中心に善意と奸計が織りなす人間模様を鮮やかに描く。関連エッセイを増補した決定版。〈巻末エッセイ〉白洲正子

206524-6

各書目の下段の数字はISBNコードです。978－4－12が省略してあります。

い-38-5
七つの街道 井伏鱒二
篠山街道、久慈街道……。古き時代の面影を残す街道を歩いて、史実や文献を辿りつつ、その今昔を風趣豊かに描いた紀行文集。〈巻末エッセイ〉三浦哲郎
206648-9

い-126-1
俳人風狂列伝 石川桂郎
種田山頭火、尾崎放哉、高橋鏡太郎、西東三鬼……。破滅型、漂泊型の十一名の俳人たちの強烈な個性と凄まじい生きざまと文学を描く。読売文学賞受賞作。
206478-2

い-137-1
本牧亭の灯は消えず 席亭・石井英子一代記 石井英子
講談定席として多くの芸人が集った本牧亭。その席亭として昭和の演芸界を支えた「おかみさん」が語る、笑いあり涙ありの一代記。〈巻末対談〉宝井琴調・神田伯山
207122-3

う-1-4
味な旅 舌の旅 新版 宇能鴻一郎
芥川賞作家にして官能小説の巨匠。唯一無二の作家が、日本各地の美味佳肴を求めて列島を縦断。貪婪な食欲と精緻な舌で綴る味覚風土記。〈巻末対談〉近藤サト
207175-9

う-9-4
御馳走帖 内田百閒《ひゃっけん》
朝はミルク、昼はもり蕎麦、夜は山海の珍味に舌鼓をうつ百閒先生の、窮乏時代から知友との会食まで食味の楽しみを綴った名随筆。〈解説〉平山三郎
202693-3

う-9-6
一病息災 内田百閒
持病の発作に恐々としつつも医者の目を盗み麦酒をがぶがぶ……。ご存知百閒先生が、己の病、身体、健康について飄々と綴った随筆を集成したアンソロジー。
204220-9

う-9-11
大貧帳 内田百閒
お金はなくても腹の底はいつも福福である――質屋、借金、原稿料……飄然としたなかに笑いが滲みでる。百鬼園先生独特の諧謔に彩られた貧乏美学エッセイ。
206469-0

う-9-16
蓬莱島余談 台湾・客船紀行集 内田百閒
台湾へもう一度行き度くて夢に見る様である――友人に招かれ鉄路で縦断した台湾をはじめ、日本郵船での太平洋戦争直前の客船紀行を集成。〈解説〉川本三郎
207165-0

う-30-1
「酒」と作家たち
浦西和彦編
『酒』誌に掲載された川端康成ら作家との酒縁を綴った三十八本の名エッセイを収録。酌み交わし、飲み明かした昭和の作家たちの素顔。〈解説〉浦西和彦
205645-9

う-30-3
文士の食卓
浦西和彦編
甘いものに目がなかった漱石、いちどきにうどん八杯を平らげた「食欲の鬼」子規。共に食卓を囲んだ家族、友人、弟子たちが綴る文豪たちの食の風景。
206538-3

う-37-1
怠惰の美徳
梅崎春生
荻原魚雷編
戦後派を代表する作家が、怠け者のまま如何に生きてきたかを綴った随筆と短篇小説を収録。真面目で変でおもしろい、ユーモア溢れる文庫オリジナル作品集。
206540-6

う-37-2
ボロ家の春秋
梅崎春生
直木賞受賞の表題作と「黒い花」をはじめ候補作全四篇に、小説をめぐる随筆を併録した文庫オリジナル作品集。〈巻末エッセイ〉野呂邦暢〈解説〉荻原魚雷
207075-2

え-22-1
阿呆旅行
江國滋
「百閒文学の熱狂的信者」を自認する著者が、伊勢から長崎、岡山など全国二十四ヵ所をめぐった昭和の旅行記。胸に迫る百閒追悼文を増補。〈解説〉宮脇俊三
207057-8

お-2-10
ゴルフ 酒 旅
大岡昇平
獅子文六、石原慎太郎ら文士とのゴルフ、一年におよぶ米欧旅行の見聞……。多忙な作家の執筆の合間には、いつも「ゴルフ、酒、旅」があった。〈解説〉宮田毬栄
206224-5

お-2-12
大岡昇平 歴史小説集成
大岡昇平
「挙兵」「吉村虎太郎」など長篇『天誅組』に連なる作品群ほか、「高杉晋作」「竜馬殺し」「将門記」など戦争小説としての歴史小説全10編。〈解説〉川村 湊
206352-5

か-2-3
ピカソはほんまに天才か 文学・映画・絵画…
開高健
ポスター、映画、コマーシャル・フィルム、そして絵画。開高健が一つの時代の類いまれな眼であったことを痛感させるエッセイ42篇。〈解説〉谷沢永一
201813-6

各書目の下段の数字はISBNコードです。978－4－12が省略してあります。

か-2-7
小説家のメニュー
開高　健
ベトナムの戦場でネズミを食い、ブリュッセルの郊外の食堂でチョコレートに驚愕。味の魔力に取り憑かれた作家による世界美味紀行。〈解説〉大岡　玲
204251-3

か-56-1
パリ時間旅行
鹿島　茂
オスマン改造以前、19世紀パリの原風景へと誘うエッセイ集。ボードレール、プルーストの時代のパリが鮮やかに甦る。図版多数収載。〈解説〉小川洋子
203459-4

か-56-3
パリ・世紀末パノラマ館　エッフェル塔からチョコレートまで
鹿島　茂
19世紀末、先進、躍動、享楽、芸術、退廃が渦巻く幻想都市パリ。その風俗・事象の変遷を遍く紹介する魅惑の時間旅行。図版多数。〈解説〉竹宮惠子
203758-8

き-15-12
食は広州に在り
邱　永漢
美食の精華は中国料理、そのメッカは広州である。広州美人を娶り、自ら包丁を手に執る著者が、蘊蓄を傾けて語る中国的美味求真。〈解説〉丸谷才一
202692-6

き-15-18
わが青春の台湾　わが青春の香港
邱　永漢
台湾、日本、香港――戦中戦後の波瀾に満ちた半生を綴った回想記にして、現代東アジア史の貴重な証言。短篇「密入国者の手記」を特別収録。〈解説〉黒川　創
207066-0

く-2-2
浅草風土記
久保田万太郎
横町から横町へ、露地から露地へ。「雷門以北」「浅草の喰べもの」ほか、生粋の江戸っ子文人による詩趣豊かな浅草案内。〈巻末エッセイ〉戌井昭人
206433-1

さ-80-1
佐藤春夫台湾小説集　女誡扇綺譚
佐藤　春夫
廃墟に響く幽霊の声「なぜもっと早くいらっしゃらない？」。台湾でブームを呼ぶ表題作等百年前の台湾旅行に想を得た今こそ新しい九篇。文庫オリジナル。
206917-6

さ-80-2
佐藤春夫中国見聞録　星／南方紀行
佐藤　春夫
「日本語で話をしない方がいい。皆、日本人を嫌っているから」――中華民国初期の内戦最前線を行く「南方紀行」、名作「星」など運命のすれ違いを描く九篇。
207078-3

し-31-7
私の食べ歩き
獅子文六
日本で、そしてフランス滞在で磨きをかけた食の感性と、美味への探求心。「食の神髄は惣菜にあり」との境地を綴る食味随筆の傑作。〈解説〉高崎俊夫
206288-7

た-24-4
ほろよい味の旅
田中小実昌
好きなもの――お粥、酎ハイ、バスの旅。「味な話」「酔虎伝」「ほろよい旅日記」からなる、どこまでも自由で楽しい食・酒・旅エッセイ。〈解説〉角田光代
207030-1

た-24-5
ふらふら日記
田中小実昌
自身のルーツである教会を探すも中々たどり着けなくて――。目の前に来た列車に飛び乗り、海外でもバスでふらふら。気ままな旅はつづく。〈解説〉末井　昭
207190-2

た-28-17
夜の一ぱい
田辺聖子
浦西和彦 編
友と、夫と、重ねた杯の数々……。四十余年の長きに亘る酒とのつき合いを綴った、五十五本のエッセイを収録、酩酊必至のオリジナル文庫。〈解説〉浦西和彦
205890-3

た-28-19
大阪弁ちゃらんぽらん〈新装版〉
田辺聖子
「あかん」「わやや」……。大阪弁に潜む大阪人の気質と、商都ならではの心くばり。大阪弁を通して、大阪人の精神を考察するエッセイ。〈解説〉長川千佳子
206906-0

た-33-9
食客旅行
玉村豊男
香港の妖しい衛生鍋、激辛トムヤムクンの至福、干しダコとエーゲ海の黄昏など、旅の楽しみイコール食の愉しみだと喝破する著者の世界食べ歩き紀行。
202689-6

た-33-22
料理の四面体
玉村豊男
英国式ローストビーフとアジの干物の共通点は？　刺身もタコ酢もサラダである？　火・水・空気・油の四要素から、全ての料理の基本を語り尽くした名著。〈解説〉日高良実
205283-3

た-34-4
漂蕩の自由
檀　一雄
韓国から台湾へ。リスボンからパリへ。マラケシュで迷路をさまよい、ニューヨークの木賃宿で安酒を流し込む。「老ヒッピー」こと檀一雄による檀流放浪記。
204249-0

各書目の下段の数字はISBNコードです。978－4－12が省略してあります。

た-34-6
美味放浪記　檀　一雄
著者は美味を求めて放浪し、その土地の人々の知恵と努力を食べる。私達の食生活がいかにひ弱でマンネリ化しているかを痛感せずにはおかぬ剛毅な書。
204356-5

た-43-2
詩人の旅　増補新版　田村隆一
荒地の詩人はウイスキーを道連れに各地に旅立った。北海道から沖縄まで十二の紀行と「ぼくのひとり旅論」を収める〈ニホン酔夢行〉。〈解説〉長谷川郁夫
206790-5

な-52-4
文豪と酒　酒をめぐる珠玉の作品集　長山靖生編
漱石、鷗外、荷風、安吾、太宰、谷崎ら16人の作家と白秋、中也、朔太郎ら9人の詩人の作品を厳選。酒に託された憧憬や哀愁がときめく魅惑のアンソロジー。
206575-8

な-52-6
文豪と食　食べ物にまつわる珠玉の作品集　長山靖生編
子規が柿を食した時に聞こえたのは東大寺の鐘だった？　潔癖症の鏡花は豆腐を豆府に！　漱石、露伴、荷風、谷崎、芥川、久作、太宰など食道楽に収まらぬ偏愛的味覚。
206791-2

や-49-1
菜種《なたね》晴《ば》れ　山本一力
五歳にして深川の油問屋へ養女に迎えられた菜種農家の娘。その絶品のてんぷらは江戸の人々をうならせる。いくつもの悲しみを乗り越えた先に、彼女が見たものとは。
205450-9

や-49-2
まねき通り十二景　山本一力
頑固親父にしっかり女房、ガキ大将に祭好き……お江戸深川冬木町、涙と笑いで賑わう毎日。著者自ら「格別に好きな一作」と推す、じんわり人情物語。
205730-2

よ-5-8
汽車旅の酒　吉田健一
旅をこよなく愛する文士が美酒と美食を求めて、金沢へ、そして各地へ。ユーモアに満ち、ダンディズムが光る汽車旅エッセイを初集成。〈解説〉長谷川郁夫
206080-7

よ-5-10
舌鼓ところどころ／私の食物誌　吉田健一
グルマン吉田健一の名を広く知らしめた「舌鼓ところどころ」、全国各地の旨いものを紹介する「私の食物誌」。著者の二大食味随筆を一冊にした待望の決定版。
206409-6